Chris Mayer

Fahr weiter

Herstellung und Verlag:
BoD - Books on Demand, Norderstedt
ISBN 978-3-7460-3092-0

I

Schon den vierten Tag liegen sie nebeneinander, hier in dieser traumhaft schönen Urlaubsanlage. Es ist eine weitläufige, nicht einsehbare Terasse. Sie gehört zur großen, edlen und überhaupt teuersten Suite im Resort. Sein Blick schweift über die glitzernden, kleinen Wellen des von bewaldeten Bergen umzäunten, blaugrün schimmernden See. Die erhabene Stille wird nur vom Lärmen der Schnellboote zerissen. Und natürlich das Gezirpe der Grillen, das wesentlich angenehmer ist. Der große helle Schirm schützt vor den sengenden Sonnenstrahlen. Die beiden Kinder Marielle und Julian sind im Teens-Club. Da steht heute ein Segeltörn auf dem Programm und somit ist nicht damit zu rechnen, dass sie in den nächsten Stunden vor der Türe stehen. Eigentlich, überlegt er, eigentlich die besten Voraussetzungen für ungestörte Zweisamkeit. Er mustert sie auf ihrer Liege. Immer noch gut aussehend, feminin, sportlich, vielleicht zahlen sich die unzähligen Stunden beim Personal Trainer, die sündhaft teuren Styling Produkte doch aus. Zumindest optisch, denn von der einstigen Leidenschaft war kaum mehr etwas übrig. Wissend, dass die Chance, ihre Aufmerksamkeit aktuell vom Lifestyle Magazin auf seinen Körper zu lenken gegen null geht, versucht er es trotzdem und scheitert erwartungsgemäß. Früher tat ihm dieses ständige abblitzen weh. Er liebte sie und ihren Körper rückhaltlos und das asymmetrische Begehren war permanenter Leidensquell. Heute stört es ihn bedeutend weniger, was er auf sein gesetzteres Alter, Gewöhnung und auf sein Hobby zurückführt. Hobby ist vielleicht nicht die richtige Bezeichnung, es ist weitaus mehr geworden. Anfangs, als die Kinder klein waren, Marie mit deren Versorgung komplett absorbiert und er auf sich zurückgeworfen, war es Zeitvertreib, Ablenkung, Figurerhalt. Doch mit den Monaten, Jahren steigerte sich sein Engagement und mittlerweile verfolgt er so zeit- und kraftintensiv wie wenig sonst. Kaum einen Tag kann er verzichten, ohne wie ein Süchtiger unter Entbehrung zu leiden. Marie hingegen ist froh, wenn er unterwegs ist in seinen Laufschuhen oder auf seinem Rennrad. Dann ist er abends ruhiger, leichter auf Abstand zu halten, win win sozusagen.

Sie kommt aus einer betuchten Familie, durchgehend unbeschwerte Kindheit. Er war nicht Wunschkandidat ihrer Eltern, aber alleinerziehen sollte sie schließlich auch nicht. Nun, er wurde akzeptiert und beklagen kann er sich nicht. Sie ist attraktiv, gebildet und solcherlei Luxus wie hier, wäre ihm sonst ziemlich sicher unzugänglich geblieben.

Auch Paul ist gut gebaut. Einnehmende, maskuline, dabei nicht zu kantige Gesichtszüge und volles langes Haar garantieren ihm die Aufmerksamkeit der Frauen. Es gab Zeiten, da ließ er sich auf die eine oder andere Büroaffäre ein. Immer mit schlechtem Gewissen Marie gegenüber, immer vor sich selbst mit deren Abgewandtheit entschuldigend. Aber mittlerweile wurde ihm dies zu strapaziös. Das Lügen, das besitzergreifende Verhalten mancher Geliebten, die Befangenheit im Job, das ganze Risiko. Er rätselte oft, ob Marie wirklich so genügsam ist, oder sich auch anderweitig vergnügt. Personal Trainer, Tennislehrer, Reitlehrer, Material gibt es genug. All diese Typen, deren Geschäftsmodell sich darin erschöpft, gute Laune in Verbindung mit seichter Freizeitbeschäftigung anzubieten. Hat ja durchaus Anziehendes für alltags-gelangweilte Mütter.

„Paul, hättest du jetzt nicht auch Lust auf..."

„ Ja, Schatz, auf was denn?"

„Na ja, es ist zehn nach vier und der Court ist frei, da kommt diese Stunde keiner mehr"

„Tennisspielen? Ist das nicht zu heiß?"

„Aber Paul, bei solchen Temperaturen fährst du die steilsten Straßen hoch und jetzt kneifst du, das ist gemein!"

Das ist also gemein, und was war das dann vorhin, und all die anderen Male, wenn sie kneift, denkt er, steht auf und geht mit ihr Tennisspielen.

Sie weiß es zu schätzen, weiß, dass er es ihr zu liebe tut, selbst keinen großen Spaß daran hat. Hinterher bedeutet sie ihm, sich jetzt doch etwas vorstellen zu können. Es irritiert ihn dabei der Verdacht, dass die plötzliche Lust nicht ihm, sondern Bob ihrem Tennistrainer geschuldet sein könnte. Wie auch immer, Hauptsache es kommt mal wieder etwas zu Stande, murmelt er vor sich hin und folgt ihr zuversichtlich unter die Dusche. Kaum sind sie im Kingsize Bett angekommen, stürmen die beiden Kids herein. Aufgeregt erklären sie den überraschten Eltern, dass wegen einem eventuell herauf ziehenden Gewitter der Törn vorzeitig abgebrochen werden musste.

Nicht nur der, denkt Paul und tröstet sich mit dem Gedanken bald wenigstens wieder auf seinem Rad zu sitzen.

Am nächsten Morgen startet er bei bestem Wetter noch vor Sonnenaufgang. Er kurbelt entlang der alten Uferstraße nach Porlezza und dann wie immer die Via val rezza hoch nach dem gleichnamigen Ort.

Ruhig verharren die Dörfer, eingebettet in die noch frische Landschaft. Von den satten Wiesen entweicht der Dampf der Nacht. Die Konturen der dichten Wälder sind vom zarten Nebel verschwommen. Grau und fern recken sich die Felsmassive empor. Scharfkantig schneiden sie hinein in den purpur gesäumten Himmel, aus dessen Rand das Licht heller und heller hervor quillt. Es sind diese flüchtigen faszinierenden Minuten, bevor die Sonne ihren unmissverständlichen Anspruch geltend macht, die Paul so früh aufbrechen lassen.

Bislang begegneten ihm die ersten Radler erst auf dem Weg wieder zum See hinunter. Doch heute hört er bereits nach der dritten Biegung ein freundliches „hello" und muss zusehen, wie eine schlanke Radlerin an ihm vorbei zieht. Sein routinierter Blick tastet sie reflexartig ab: edler Carbonrenner, enganliegende Kleidung in den Farben der Saison, die Minipumpe frech in die Trikottasche gesteckt, eine richtige Radmaus also.

Der Genuss ihre gebräunten, sehnigen Beine beim gleichmäßigen auf und ab der Pedalbewegung zu verfolgen, ist von kurzer Dauer. Allzu rasch vergrößert sich der Abstand. ‚Gibt's doch nicht', ärgert er sich, vergisst den Sonnenaufgang am Purpurhimmel und versucht sie einzuholen. Sein Puls jagt hoch, doch die Entfernung verringert sich nicht. Im Gegenteil, während er bald keucht, entschwindet sie unaufhaltsam. Er motiviert sich, denkt sie könnte eine Geliebte werden, holt das Letzte aus sich heraus, vergeblich. Dann hofft er, dass sie im ersten Dorf rechts abbiegt, wieder runter in die Ebene fährt, es bei dem kurzen Anstieg belässt. Er hingegen ja dann noch zehn weitere Kilometer Steigung bewältigt. Pustekuchen, die Kränkung ist unvermeidlich, er sieht sie nach dem Abzweig uneinholbar weit oben. Dann fällt er zurück in sein gewohntes Tempo und versucht, sich wieder für die Schönheit des beginnenden Tages zu begeistern. Von der herrlichen Aussicht beflügelt, beginnt er zu reimen und singt vor sich hin:

Wenn die Sonne über die Berge streift,
Das Tal sich in weißem Nebel versteift,
Dann tanz ich im Sattel auf und davon,
Steige hinauf wie ein heißer Ballon.

Kurz vor der Höhe, wo sich die Straße mit brutaler Steigung durch das Dorf windet, entdeckt er sie. In die Wiedersehenfreude mischt sich der Ärger einer unbestreitbaren Niederlage. Entweder sie hat zwischenzeitlich einen Platten geflickt oder auf mich gewartet, wägt er ab. Sie lässt ihn an sich heranfahren und der nähere Eindruck beunruhigt ihn. Eine Frau, ziemlich jung, attraktiv, denselben Sport treibend, er kennt sich gut genug um zu wissen, das hat Potenzial.

„Und, war es anstrengend" frägt sie keck, ihre Dominanz genießend.

„Nun ja, ich bin heute wohl nicht in aller bester Form".

„Dann kannst Du es ja morgen nochmal versuchen, werde um die gleiche Zeit wieder unten starten". Mit diesem reizenden Versprechen, welches er zugleich als Androhung auffasst, setzt sie sich nach vorne ab und verschwindet hinter der Kuppe. Er dreht um, denn diese Abfahrt war holpriger und länger, soll sie die doch fahren.

Bisher unternahm er nur jeden zweiten Tag eine Ausfahrt, ein Kompromiss an die Familie, an deren Bedürfnisse. Doch jetzt auf dem Heimweg wägt er hin und her, ob er vom bisherigen Rhythmus abweichen soll.

Er hat die Dusche gerade verlassen, als er ihr freundliches, etwas langgezogenes „Schatz" hört, welches erfahrungsgemäß mindestens eine Willensbekundung, in der Regel eine Aufforderung einleitet.

„Schatz, ich hab vor, mir die neuen Kollektionen anzusehen. Könntest Du heute Dich solange um die beiden Engel kümmern."

„Aber sicher, Schatz" flötet er entgegenkommender als üblich zurück, wenngleich ihn die Bezeichnung Engel, für den sich mittlerweile alles andere als engelsgleich präsentierenden Nachwuchs einmal mehr stört.

„Wie lange meinst Du, brauchst Du dafür Auszeit," fügt er hinzu. Dass sie erst zum Abendessen zurück sein möchte, vernimmt er heute mit außergewöhnlichem Verständnis.

Tatsächlich wird es ein harmonischer Tag mit aufgeräumten Kindern und er überlegt zwischendurch einige Male, ob er morgen nicht doch besser zu Hause bleiben soll, nichts riskieren. Nein, er wäscht dann von Hand sein Lieblingstrikot mit dem aufrichtigen Vorsatz „Morgen zeig' ich es der Kleinen, so lasse ich mich nicht nochmal vorführen, nicht von der".

Die Pflichtübung, am Abend die erstandenen Shirts, Hosen, Röcke und Schuhe präsentiert zu bekommen, gelingt ihm heute vergleichsweise stoisch. Die Gunst der Stunde nutzend verkündet er sein Vorhaben, ab jetzt täglich vormittags zu radeln. Für morgen habe er eine verlängerte Strecke herausgesucht, sie soll deshalb mit den Kindern zum Frühstück vorausgehen.

Auf ihren erwartungsgemäßen Widerstand ist er gut vorbereitet. Sie soll sich doch ruhig morgen auch etwas gönnen, z.B. eine Wellnessbehandlung von Davide. Es war nicht schwer vorherzusehen, dass sie einlenkt.

Davide bringt den Urlaubskindern schwimmen bei, bietet Pilateskurse und Hot-Stone-Massagen an. Paul beobachtet seit Tagen das putzige Treiben am Beckenrand, wenn Davide auftaucht und sofort die Mütter eine Schlange bilden. Eine nach der anderen, immer mit Kleinkind auf dem Arm, verwickeln sie diesen Schönling in ein Gespräch. Sie sind bemüht, ihm verständig zu berichten, was der Wurm schon kann und was er noch lernen soll. Dabei sind sich zumindest der schöne, sanfte Davide und Paul im klaren, dass der Gesprächsinhalt hier absolut nebensächlich ist, dass es um ein Verweilen in der unmittelbaren Aura eines

Traumkörpers geht. Während des verbalen Austausch mit Davide wirken die gymnastisch rückgebildeten Mütter seltsam verträumt. Paul kommt es vor, als missbrauchen sie ihre Kinder auf dem Arm als vorgeschobenen Gesprächsgrund und zudem als Schutzschild gegen die Versuchung. Davide spendet diese Momente der Nähe geduldig. Paul wittert darin reines Geschäftsgebaren. Wobei er keinen wirklichen Neid empfindet. Neid verfängt ab einer gewissen Annäherung an das absolut Schöne nicht mehr. Er gestand sich schon ein, dass ein heutiger Michelangelo sein Modell durchaus in diesem Davide finden könnte.

„Ja, Du hast wirklich Recht Schatz, ich wollte tatsächlich schon lange mal wieder Pilates machen".

II

Wie jeden Morgen wacht Paul auch heute sehr früh auf. Immer hat er mindestens zwei Stunden vor Marie ausgeschlafen. Hinzu kommt, dass sie abends gerne länger aufbleibt. Damit er die Familie nicht unnötig weckt und sich ungestört davon machen kann, richtet er alles Notwendige für seine Ausfahrten schon am

Vorabend bereit. Die Trinkflasche füllt er heute, um Gewicht zu sparen nur bis zur Hälfte. Um den Rollwiderstand zu minimieren, jagt er auf Kosten des Fahrkomfort das maximal mögliche an Luft in die Reifen. Pumpe und Ersatzschlauch bleiben zurück, jedes Gramm zählt. Kurz vor Sonnenaufgang biegt er rechts in die Via Val Rezza hinein.

„Na prima" hört er ihre aufgeweckte Stimme „ dann wollen wir mal sehen!"

Er drückt von Anfang an aufs Tempo und wähnt lange, dass er dominiert. Ein Irrtum, wie sich auf dem letzten Kilometer herausstellt, als sie förmlich vorbei fliegt und er demotiviert alles geben muss, um nicht noch eine ganz schlechte Figur abzu geben.

Als er ankommt schaut sie schon genussvoll ins Tal und fordert ihn charmant auf, doch auch ein bisschen zu verweilen. Wäre er erster oben gewesen, hätte ihn diese Einladung weitaus mehr erfreut. Nachdem sie ihm dann zügig berichtet, dass sie früher im Nationalkader fuhr, ist er mit seiner Niederlage ausgesöhnt und betont umgekehrt, dass er reiner Hobbyradler ist. Diese sportliche Betätigung ihm hauptsächlich als Ausgleich für die beruflichen Belastungen dienen soll. Noch während sie sich so erschöpfend oberflächlich austauschen, überlegt er vorübergehend, es doch besser dabei zu belassen, nicht weiter zu gehen. Andererseits, nun ja so etwas begegnet ihm auch nicht mehr alle Tage und er kann es nicht lassen, tiefer zu graben.

„Machst Du auch Urlaub hier?"

„Nein, ich arbeite hier als Animateurin."

„Hm, beneidenswert, da arbeiten wo andere Urlaub machen."

„So kann man es sehen, allerdings bekommt man mit der Zeit einen anderen Blick auf die Gegend, zu viele Touristen."

„Aber davon lebt ihr doch. Und bist Du hier allein?"

„Bin hierher geflüchtet, vor zwei Jahren, nach einer schwierigen Kiste. Abstand, Du verstehst schon."

Das ist es, das Einfallsstor. Paul erfasst es instinktiv. Sie hätte nicht soviel von sich preisgegeben, wenn sie nicht zu mehr bereit wäre. Jetzt heißt es aufpassen, nicht zu schnell vorpreschen, die Balance halten und dennoch das Interesse intensivieren. Paul hat immer auf diesen Punkt gelauert. Bis dahin gibt er sich unverbindlich freundlich, bleibt höflich distanziert. In dieser mehr oder weniger langen, manchmal auch ziemlich kurzen Phase soll nichts sie verschrecken. Sie soll ausreichend Gelegenheit haben, Vertrauen und schließlich Begehren zu entwickeln. Dabei sammelt er bereits unablässig Daten. Im scheinbaren small talk, versucht er soviel wie möglich über ihre jeweilige Situation, ihre latenten Ambitionen heraus zu finden. Erst wenn sie die Jagd, die Jagd auf sich selbst frei gibt, erst dann beginnt er, scharf zu schießen.

„Ja, und dann hier jetzt immer so ganz mutterseelenallein?" Seine Stimme klingt einfühlsam, sein spitzbübischer Blick soll sagen: kann ich das wirklich glauben, so eine attraktive Frau ohne Anschluss?

„Sozusagen ja."

„Und Dir fehlt da nichts?"

„Also, wenn Du darauf hinaus willst: ich treffe mich ab und an mit einem hübschen Berufskollegen."

„Lass' mich raten" rutscht es ihm heraus, „ er heißt nicht zufällig Davide?" Das war schlecht, du Stümper, fährt es ihm durch den Kopf. Es könnte das Ende bedeuten, bevor es angefangen hat.

„Oh", antwortet Danielle leicht errötend, „ihr kennt euch?"

„Vermutlich macht er gerade Pilates mit meiner Frau", antwortet er schnell, um ihr den Druck zu nehmen. Er presst die Lippen zusammen. Es läuft gerade nicht gut.

Schließlich hat er damit unnötigerweise jetzt schon seinen Familienstand preisgegeben.

Ohne diesen zu kommentieren antwortet sie knapp: „ Mutig"

„Wie soll ich das verstehen", frägt er vorsichtig.

„Nun ja Davide ist süß, extrem gutaussehend und kein Kostverächter"

Die Idee mit Davide war ihm heute morgen schon nicht mehr ganz geheuer. Nun aber Kostverächtung mit Marie in Verbindung gebracht zu bekommen schmeckt ihm ganz und gar nicht. Unzufrieden mit seiner eigenen Performance und verärgert durch die Vorstellung möglicher Pilateskomplikationen, rudert er abrupt zurück.

„Ganz schön kühl noch hier oben" bemerkt er trocken, und zieht sich seinen Windblocker über. Danielle spürt, dass es ungeschickt war, steht ebenfalls auf und bietet ihm an, morgen nochmals zusammen eine Runde zu drehen, sie sei jedenfalls um sechs an der Kreuzung und man könne ja zur Abwechslung zum Comer See rüber fahren.

Im Hotelappartement ist es ruhig, die anderen sind wohl schon beim Frühstück. Sonst legt Marie immer Wert darauf, dort gemeinsam zu erscheinen. Aber er ist im Augenblick froh, etwas Zeit für sich zu haben, allerdings währt dies nicht lange. Er dreht gerade den Duschhahn auf, als die Kinder hereinstürmen und ihn erwartungsvoll fragen, ob er heute mit ihnen einen Tauchausflug machen könnte. Auf seine Frage, ob Mama da auch mit kommt, erklärt ihm Julian: „Papa, sie hat schon mit den Tauchern alles besprochen, aber Du weißt doch, dass ihr das nicht gefällt." „Ah, Mama will da heute also nicht dabei sein" murmelt Paul und denkt im selben Moment, morgen wohl doch an den Comer See zu radeln.

Marie sitzt noch bei ihrem Latte machiatto am Frühstückstisch und begrüßt ihn gut gelaunt mit der seltenen Frage, ob er mit seiner morgendlichen Tour zufrieden sei.

„War gut, wie immer, langsam kenne ich den Weg da hoch halt in und auswendig, vielleicht sollte ich mal die Strecke ändern," antwortet er bemüht monoton und stellt dann unmittelbar die Gegenfrage nach dem Verlauf ihres Neun-Uhr-Pilatesmeeting vorhin. „Ja, war ausgezeichnet, der kann das sehr gut, hat mir noch einiges beibringen können", gibt sie überschwänglich kund und erkundigt sich nahtlos, ob die Kinder ihm schon von ihrem Vorhaben berichtet haben.

„Paul, sie wünschen sich das so sehr und Du weißt doch, dass mich diese Tauchmasken nur beklemmen."

Er fühlt seinen Verdacht bestätigt, dass sie heute wieder eine Auszeit haben will und ist sich gleichzeitig jetzt ganz sicher, morgen früh nach Como zu radeln.

„Klar, Marie tu ich ihnen den Gefallen. Hast Du dir für heute auch was vorgenommen?"

„Nichts bestimmtes, mal sehen, vielleicht lass ich mir die Fingernägel machen."

„Also, zur Abwechslung habe ich mir überlegt, meine morgendliche Tour mal abzuändern und mal nach Como oder so zu fahren."

„Kann ich verstehen, nur, meinst Du dass Du das bis zum Frühstück zurück noch schaffst?"

„Eher nicht, aber macht es Dir viel aus, morgen vielleicht allein mit den Kindern hin zu gehen."

„Das schaff ich schon, Paul, hier denken sie eh schon ich sei alleinerziehend. Übrigens die bieten morgens schon eine Wach-Auf-Massage mit Rosmarinöl an, das würde mich doch prima entschädigen."

„Wer ist die?"

„Na die im Wellness, ich glaube dieser Davide."

Wer sonst, denkt sich Paul und holt sich eine der ausgelegten Tageszeitungen.

Der Tag verläuft dann wie geplant. Die innereheliche Kommunikation bewegt sich durchgehend oberflächlich über gemeinsame Freunde zu Hause, die allgemeine politische Lage und so. Beide vermeiden, das Thema auf die aktuelle Urlaubssituation zu lenken. Als er mit den Kindern vom Tauchen zurückkehrt, mustert er gleich Maries Hände und Füße. Ihre Nägel sahen toll aus. Das taten sie allerdings immer und so ist er sich nicht sicher, ob sie ihr Vorhaben umgesetzt hat. Er geht jedoch davon aus. Derweil berichten die Kinder aufgeregt und durcheinander, was sie unter der Wasseroberfläche alles entdeckt haben, und dass Papa ihnen noch beim Discounter Eiscreme gekauft hat. Marie behält ihre Verwunderung, warum er mit ihnen nicht in eine dieser vielen netten Eisdielen war, für sich.

Dann blinzelt sie Paul aus weit geöffneten Augen und mit spitzem Grinsen zu, während sie ihre Hände und Füße fächerartig hin und her bewegt.

„Und, sehe' ich nicht umwerfend aus?"

„Schatz, Du siehst immer umwerfend aus," antwortet er und fügt, bei der Vorstellung, dass auch Davide seine Räume dort hat, nachdenklich hinzu: "Das hier scheint ein tolles Nagelstudio zu sein." Marie schaut ihn irritiert an und schweigt.

Unter dem Vorwand, dass das ungewohnte Tauchen ganz schön anstrengt, geht Paul früh ins Bett, drückt ihr noch ein Küsschen auf die Wange und überlässt Marie heute Auswahl und Konsum des TV-Programms.

Sonst lässt es Paul immer darauf ankommen, ob er von selbst früh genug aufwacht, um noch los zu radeln. Heute hat er den Wecker gestellt, ist aber schon gut eine halbe Stunde vorher wach.

Auf dem Rückweg vom Tauchen hatte er sich noch Kaugummi besorgt, den er nun ins Trikot hinten rein steckt. Marie schläft noch und er findet plötzlich, dass sie so halb aufgedeckt auf dem Rücken liegend durchaus anziehend aussieht. Er überlegt, ob er sich nicht doch zu ihr kuscheln sollte. Dann stört sich sein Blick am Nagellack und die Assoziation Pilates, Davide und Rosmarinöl lassen ihn sein ursprüngliches Comer See Vorhaben umgehend wieder aufgreifen.

Seine gemischten Gefühle verlieren sich nach den ersten Kilometern und sind vollkommen vergessen, als er an der Kreuzung Danielle entdeckt. Ohne anzuhalten fährt er gerade aus Richtung Comer See, deutet mit der

Hand nach vorne und ruft ihr zu „los geht's". Rasch hat sie aufgeschlossen und mit hohem Tempo fegen sie dicht hinter einander durch die von Bergen umsäumte, selbst aber weitestgehend flache Landschaft zwischen den beiden Seen. Sie passieren Burgruinen und kommen durch Ortschaften an deren sämtlichen Häusern die Fassade abblättert. Alles hier hat einmal bessere Zeiten gesehen, alles scheint dem Verfall preisgegeben.

Auf dieser Flachetappe ist er im Vorteil, sie verbleibt im Windschatten und hat trotzdem Mühe nicht zurück zu fallen. Am Seeufer angekommen will sie eine Trinkpause einlegen und so setzen sie sich auf eine Bank an der noch verlassenen Uferpromenade. Die steil ansteigenden, von der noch ganz jungen Sonne beleuchte Felswände im Hintergrund und eine vorgelagerte Halbinsel bieten eine herrliche Kulisse. Danielle redet und erzählt. Paul erinnert sich an früher, dass es bei erfolgreichen Rendezvous schon immer so war. Er hörte hübschen Frauen wohlwollend zu, antwortete nie konfrontativ. Sie benötigen eben etwas mehr Zeit, um heraus zu finden, ob sie sich einlassen sollen oder nicht. Seine Erfolgsquote stieg sprunghaft mit der Erkenntnis, dass sie diese Entscheidung weniger als er nach optischen Kriterien, sondern emotionaler treffen. Dass sie den anderen zumindest etwas kennenlernen wollen und er geduldiger wurde. Während Danielle weiter spricht geht ihm durch den Kopf, wie er als junger Kerl auf Partys ewiglange Konversationen pflegte und dabei ständig auf das Signal hoffte, dass sie sich endlich gemeinsam vom Acker machen will.

Nach ca. 15 Minuten nimmt Danielle ein Pefferminzdragee in den Mund und lutscht demonstrativ darauf herum. Paul entsorgt noch seinen Kaugummi und dann stecken sie ihre Köpfe zusammen. Es wird ein langer, intensiver Kuss. Paul muss feststellen, dass sie eine ebenbürtige Zungenakrobatin ist. Als sie sich wieder voneinander lösen, zwinkert sie ihm anerkennend zu, nimmt den Helm in die Hand und verkündet unmissverständlich: „weiter geht's".

Er sieht zwar links den bezaubernden See und rechts die hier einst ufernah errichteten, heute verlassen erscheinende, teils verriegelte Prachtbauten. Sein Blick klebt aber nahezu pausenlos an den sich gleichmäßig auf und ab bewegenden, perfekten Beinen von Danielle. Von Kilometer zu Kilometer ist er mehr begeistert, und dann entdeckt er, sich gerade in ihre

Besitzerin zu verlieben. Die hübsche Danielle, sich ihrer sportiven Attraktivität durchaus bewusst, weiß sein Begehren zu steigern, indem sie schon bei geringer Steigung aus dem Sattel geht und einen sanft hin und her wippenden Wiegetritt präsentiert. Paul beginnt frei zu assoziieren, denkt an Flucht, Safari, Antilopenjagd. Fokussiert sich dann wieder auf seine Situation und wie er es am besten anstellt, irgendwie mit Danielle schnellstmöglich etwas heimlich anzufangen. Noch Gedankenversunken fährt er fast auf sie drauf, kann gerade noch abbremsen, als sie unvermittelt das Tempo verzögert um in eine spitze Linkskurve einzubiegen. Ab hier wird die Strecke wieder anspruchsvoll und Paul hat keinerlei Kapazität mehr für Träumereien. Sie hingegen fährt munter plaudernd neben ihm her. Er schweigt, um nicht zu keuchen. Oben angekommen überlegt er, nochmals eine Pause einzulegen, dabei die Zärtlichkeiten vom Ufer vielleicht wiederholen zu können. Dazu lässt sie keine Gelegenheit und rauscht direkt in die Abfahrt. Auch am Ziel angekommen verabschiedet sie sich unmittelbar, allerdings mit dem vielversprechenden Hinweis, morgen ihren freien Tag zu haben, ohne auf eine gemeinsame Ausfahrt verzichten zu wollen.

Auf der kurzen Distanz zum Hotel ist ihm tief bewusst, dass der Point of no Return überschritten ist. Unter der Dusche mustert er sich kritisch, ob sein vierzigjähriger Körper für dieses Vorhaben noch in Frage kommt. „Nun ja, wird sich zeigen", denkt er optimistisch, bevor ihm stechend einfällt, dass hier ja noch der gottgleiche Davide im Spiel ist. Der Gedanke, dass dieser lediglich ein vom Leben ungeprüfter Schönling darstellt, tröstet ihn. Er konzentriert sich auf die entspannende Wirkung des warmen Duschstrahls. Doch dann fliegt die Badtüre auf und Julian verkündet mit lauter, erwartungsvoller Stimme, dass heute ein noch längerer Bootsausflug mit Tauchmöglichkeit angeboten wird und Mama diesen bereits für die Kinder und ihn gebucht und bezahlt hat. Eigentlich hätte er sich heute den Tag über lieber geschont, war aber nicht unfroh, dadurch Abstand zu Marie zu halten. Außerdem verspricht er sich damit eine bessere Verhandlungsbasis für sein Ansinnen, morgen den ganzen Vormittag auf dem Rad verbringen zu wollen. Er selbst nimmt am tauchen nicht teil, sondern legt sich derweil auf dem Boot in den Schatten. Im dösigen Zustand sinniert er, dass Marie sich an seinen zunehmend eigenständig gestalteten Vormittage überhaupt nicht mehr zu stören scheint und dass das wahrscheinlich doch in Zusammenhang mit Davide steht. Die sich anbahnende Romanze mit Danielle nimmt seine Gefühle jedoch bereits so in Anspruch, dass für aufkeimende Eifersucht daneben kaum Platz ist. Die alltäglichen Frustrationen, wie dass Julian sein teures Neopren-Shirt beim Ausflug verloren hat und Marielles Markensonnenbrille ebenfalls abhanden kam, bleiben heute sämtlich unter seiner emotionalen Flughöhe. Heiter und entrückt verstreichen die Stunden des Tages.

"Und Schatz, was hast du heute so erlebt" fragt er sie des Abends im Bett liegend, sich dabei uninteressiert durch die Programme zappend. Ein Verhalten, das er ihr oftmals zum Vorwurf gemacht hat. Marie, ebenfalls sehr versöhnlich aufgelegt, lässt seine Inkonsequenz heute unkommentiert. "Willst du mir nicht etwas von eurem Tagesausflug erzählen." "Aber natürlich Schatz, es war wunderschön". Und so plaudern sie noch unverbindlich aneinander vorbei. Mit ziemlich konkreten Wunschfantasien den möglichen Verlauf des folgenden Vormittag betreffend, schlummert er ein, ohne ihren Körper zu berühren.

Am Morgen zieht er sich hastiger als sonst an. Fast hätte er den gestern noch im Alleingang beim

Discounter erworbenen Hygieneartikel vergessen. Dass es sehr bewölkt ist und nach Regen aussieht stört ihn kaum, obwohl er ohne Jacke losgefahren ist. Aber dass Danielle nicht an der Kreuzung steht, versetzt ihm einen Stich. Er überlegt hin und her, ob er trotz des absehbar miesen Wetters seine Runde allein fahren, oder umkehren soll. Dann setzt auch noch kalter Niederschlag ein.

„Na prima" denkt er desillusioniert und entscheidet sich gerade zurück zu fahren, als Danielle entgegenkommt.

„Tut mir leid, aber freitags habe ich frei und da klingelt der Wecker nicht, hab ich vergessen. Ich hoffe Du stehst noch nicht lange hier. Fahren wir zu mir?"

Das tun sie dann und verbringen den ganzen Vormittag in Ihrem Dachgeschosszimmer. Danielle war nicht nur wie erwartet ausdauernd, sondern auch anspruchsvoll fordernd und als Pauls Dreierpack aufgebraucht ist greift sie unkompliziert in ihre Schublade und holt Nachschub. Draußen knallt der Donner zwischen den Bergrücken und der Regen strömt als ob es kein Morgen gäbe. „Sei's drum, soll die Welt doch untergehen" denkt sich Paul zwischendurch. Dann wird er aber doch unvermittelt wieder in die Realität zurückgeholt. Er hört seinen Klingelton. Marie erkundigt sich nicht ohne Besorgnis in der Stimme, ob es ihm da draußen bei diesem Wetter gut gehe. "Ja Schatz, dieses Unwetter hat mich erwischt, ich habe jedoch in einer verlassenen Bergscheune Unterschlupf gefunden und warte noch bis das Gröbste vorbei ist." Dann fügt er mit vorsichtigem Seitenblick auf Danielle, hoffend, dass diese sich jetzt akustisch nicht irgendwie bemerkbar macht hinzu: „Und bei euch, alles in Ordnung?"

„Alles bestens, die Kinder sind im Club und ich habe mir wieder Wellness gegönnt. Was meinst du bis wann schaffst du es zurück?"

"Schwer zu sagen, sobald das Gewitter und der Regen nachlassen breche ich auf." "Dann pass gut auf dich auf, Schatz, und bis nachher."

"Ja Schatz bis hoffentlich bald."

Nachdenklich drückt Paul auf den *Gespräch beenden* Button und kommt trotz Danielles Anstrengungen nicht mehr in Fahrt. *Wellness gegönnt* assoziiert er mit Davide und während er gestern sich diesbezüglich noch kaum Kopf machte, ist er sich nun augenblicklich sicher, dass da alles Mögliche am laufen ist.

"Sag mal Danielle, mit wem ist es eigentlich besser, mit mir oder mit diesem Davide und sag jetzt nicht, ja das kann man nicht vergleichen."

"Kann man wirklich nicht. Ihr seid völlig verschiedene Typen. "

"Ja aber nun sag schon, mit wem gefällt es dir besser?" hakt er fast bittend nach.

„Also, Davide ist so süß und einfühlsam und er hat den schönsten Mund und den hübschesten Po auf der ganzen Welt, aber er ist ein Junge und du bist ein Mann. Bist du jetzt zufrieden?"

Dann fügt sie zu seinem Entsetzen noch hinzu: „vielleicht kann dir Marie das besser beantworten als ich."

„Was? Du meinst also auch, dass die was mit dem angefangen hat?"

„Genau weiß ich es nicht, er meinte vor ein paar Tagen nur, dass er sich erst ab Samstag wieder mit mir treffen will, er habe sich in eine Touristin verguckt."

„Na prima", entfährt es Paul, „morgen ist Samstag, unser Abreisetag."

Er verlässt das ihm plötzlich sehr eng erscheinende Bett, wäscht sich mit dem Handtuch am Waschbecken und zieht seine nassen Radklamotten an. Danielle bemüht sich, die Stimmung wieder aufzuhellen, was ihr aber nur ansatzweise gelingt. Immerhin verabschieden sie sich dann doch ganz herzlich. Sie wünscht ihm eine gute Heimreise, bedankt sich für die interessante Bekanntschaft und stellt in Aussicht, noch etwas länger hier in der Region arbeiten zu wollen.

Nach den glutheißen Tagen kommt die Abkühlung nicht unwillkommen. Am Abend setzt dann erneut starker Regen ein. Wasser prasselt gegen das Dach des Restaurants und schiesst tapetenartig gegen den Steinboden. Die Athmosspähre ist angenehmer, weniger aufgekratzt als in den vergangenen Tagen. An einem kleinen Tisch sitzt der alleinreisende Schweizer, vor sich ein Berg Muscheln. Immer wieder verfolgt Paul, wie er sich daran zu schaffen macht, die geschlossenen unbeholfen knackt, zuletzt alle vertilgt. Um Mitternacht zieht schweres Gewitter mit knallendem Donner auf. Am nächsten Morgen ist der nächtliche Spuk vorbei, die Sonne scheint freundlich, Heiterkeit leuchtet aus jeder Ecke. Das Personal jedoch schleicht verdrieslich herum, als hätten sie alle die ganze Nacht im Freien verbracht. Grußlos, verstockt mit steinernem Ernst, als wollten sie einem den freundlichen Tag verderben. Diese erdrückende

Stimmung, so schwer, so tief verhangen, lässt Paul vorsichtig fragen, was denn los ist. Leise antwortet ihm der sonst so kecke Luigi mit gesenktem Haupt: „le swisse, le swisse est mort". Was, der Schweizer tot! „Ach, die geschlossenen Muscheln" jagt es Paul durch den Kopf „warum, warum nur hat ihn keiner, warum ich ihn nicht gewarnt?" Er geht ins Hotelzimmer und berichtet Marie von dem tragischen Ereignis. Sie zuckt mit den Schultern, es sieht nicht danach aus, als ob sie tief betroffen wäre.

Die Rückfahrt verläuft dann größtenteils schweigsam. Die Kinder sind noch am zufriedensten, denn sie dürfen anders als sonst heute stundenlang digital spielen. Marie trägt trotz bedecktem Himmel durchgehend eine sehr dunkle Brille, erwähnt beiläufig, sich migränös zu fühlen. Paul berichtet von vergangenen Horrorunfällen auf dieser Strecke und konzentriert sich mehr als sonst auf das Fahren.

Im Radio läuft ein Hit aus den Charts:

das sind du und ich
das ist ewiglich
das ist wunderbar
das ist allen klar

wir kennen keine not
auf unserem luxusboot
wir schippern durch die welt
die uns für glücklich hält

das sind du und ich
das ist ewiglich
das war wunderbar
das war allen klar

plötzlich stürmt die see
wir sind nicht okey
haben nicht geahnt
was sich angebahnt

wir im superlativ
waren viel zu naiv
das ist allen klar
nichts ist wunderbar

Paul vom Text seltsam berührt, schaut hinüber zu Marie, die abwesend wirkt. Er hat nicht den Eindruck, dass sie zuhörte.

Zu Hause reden sie nur wenig und beiderseits betont uninteressiert über diesen vergangenen Urlaub. In den folgenden Wochen glaubt Paul zu bemerken, dass Marie ihn häufiger auf den Mund küsst, inniglich und immer mit geschlossenen Augen. Als sie ihm einmal über den Po streichelt und wie er vermeint dabei wehmütig seufzt, widersteht er der Versuchung, sich nach ihrer Gemütsregung genauer zu erkunden.

Entgegen ihrer Gepflogenheit, sie haben noch nie zweimal am gleichen Ort Urlaub gemacht, buchen sie wenige Monate später ohne Diskussion in überraschender Übereinstimmung wieder selbiges Hotel. Das Preis-Leistungs-Verhältnis sei doch sehr in Ordnung gewesen, das Personal überaus freundlich, die Gegend reizvoll und die Kinderbetreuung hervorragend.

Paul fällt es schwer, seinem Alltag Freude abzugewinnen. Der obligatorische Schlips, die Fahrten im Dienstwagen waren lästig, endlose humorfreie Meetings entnervend. Aber ständig nur schnödem Profit huldigen zu müssen, das ließ ihn abstumpfen. In der Betriebskantine immer dieselben Nasen, schimpfend oder flirtend, substanzloses hin und her reden, er war innerlich ausgestiegen. Schon länger fühlt er sich als Erfüllungsautomat einer Krake, die Ahnungslose blendet und prellt, ohne dass diese das perfide Machwerk durchschauen. Die meisten Kollegen dagegen, insbesondere die jüngeren, sind größtenteils gut drauf, freuen sich über Leistungszulagen. Abends brausen sie in schicken Wagen in angesagte Clubs, tanzen und trinken. Am nächsten Tag erzählen sie coole Geschichtchen. Paul kann sie nicht mehr hören. Ihr Treiben erscheint ihm wie Betäubung, damit bloß keiner die Hohlheit des Ganzen und seiner selbst darin erkennt. Anders als noch vor ein paar Jahren hat er auch kein Interesse mehr an einer Affäre, um sich die Lage vorübergehend zu verzuckern. Für diesbezüglich interessierte Kolleginnen ist er mittlerweile uninteressant. Diese sind entweder mittlerweile deutlich jünger und flirten instinktiv mit den smarten, kritikgeminderten Aufsteigern. Oder sie sind so ungefähr in seinem Alter, dann aber frustriert und mit dem Wunsch behaftet, ihrer tristen Öde durch Ablenkung irgendwie zu entkommen.

„Draußen sitzt noch eine Frau Lauter, will Sie sprechen. Kann ich deshalb trotzdem etwas früher gehen, es ist doch herrliches Freibadwetter", zirbt die Vorzimmerdame durch die leicht geöffnete Zwischentür.

„Laut, Lauter, keine Ahnung, in welcher Sache denn?" Paul hat vor das Wetter auch zu nutzen und will beizeiten weg. „Fragen Sie mal, worum es geht und ob es heute noch sein muss."

„Worum es geht, will ich besser nicht so genau wissen. Auskunft wollte sie mir eben schon nicht geben, außer dass es dringend und wichtig sei."

„Nun gut, dann lassen Sie sie durch, sagen ihr aber noch, dass ich in 30, nein 20 Minuten zu einem Meeting muss".

„Oh, oh" entfährt es Paul, als Danielle in sehr knappem, sportlichen Outfit sein Büro betritt. Hinter ihr seine Sekretärin mit breitem Grinsen. „Denken Sie noch an das Meeting nachher und ich bin jetzt gleich weg und lass Sie allein hier".

„Schon gut" antwortet ihr der verdutzte Paul, „und schließen Sie bitte vorne noch die Tür, ah ich meine die Fenster, natürlich."

„Auf jeden Fall, bis morgen dann in alter Frische", flötet sie in den Raum, bevor sie die Tür lauter als sonst zuzieht.

„Was willst Du denn hier?", wendet er sich zu Danielle und bietet ihr einen Besucherstuhl an.

„Dich sehen." Sie umrundet seinen Schreibtisch und küsst ihn frech auf den Mund. „Gute Idee, da werde ich morgen schon nette Kommentare zu hören bekommen."

„Wie bist Du so spießig, und wie siehst Du überhaupt aus?" bemerkt sie keck, während sie erst seinen

Krawattenknoten und unmittelbar danach seinen Ledergürtel löst.

Paul geht so einiges durch den Kopf. Zuvorderst, dass um diese Zeit noch einige Kollegen in den Nebenbüros sind, dass die Zwischenwände aus hellhörigem Gips bestehen, dass Danielle ziemlich laut sein kann, dass es hier keine Dusche gibt und nicht zuletzt, dass er zum Abendessen zu Hause erwartet wird.

Mit den Worten, „wie war denn Deine Fahrt", versucht er sie noch auf Distanz zu halten.

„Ich bin in Fahrt!"

Sie lässt nicht locker und Paul kann das schlimmste verhindern, indem er ihr in den entscheidenen Phasen die flache Hand auf den Mund presst.

Wieder angezogen, bekundet sie Hunger zu haben:

„Du bist doch sicher so anständig und lädst mich jetzt zum Essen ein?"

Paul sieht das nächste Problem herauf ziehen. Wohin mit ihr in dieser Kleinstadt, ohne gesehen zu werden. Als Geschäftsessen lässt sich das Dank Danielles reizendem Outfit kaum deklarieren. Also chauffiert er sie kurzerhand zur nahegelegenen Autobahnraststätte. Immerhin, so kombiniert er, gibt es dort auch Münzduschen für Fernfahrer.

„Ich glaub es hakt!" Kommentiert Danielle seinen Geniestreich. „Ich war 8 Stunden unterwegs und esse jetzt bestimmt nicht Würstchen rot-weiß!"

Paul zuckt resignativ mit den Schultern. „Okay, wir fahren zu mir. Ich sage zu Marie, dass Du die Ehefrau eines Bewerbers bist, der schon wieder weg musste. Du willst Dir noch die Region anschauen, ob das für Euch hier überhaupt in Frage kommt. Marie hat zufälligerweise für heute Abend warmes Essen versprochen."

„Nette Idee, ich freue mich", zwitschert Danielle und lässt sich betont lässig in den Autositz zurückfallen.

Paul umklammert das Lenkrad und versucht während der wenigen Autominuten, Danielle für ihre Rolle zu instruieren. Diese schaut zum Fenster hinaus, pfeift ein Liedchen und äußert zwischendurch, dass es eine ziemliche Zumutung sein muss, hier zu leben.

Paul widerspricht nicht. Die reisemüde und hungrige Danielle erscheint ihm aufgekratzt genug und er ist bestrebt, jeden zusätzlichen Konflikt jetzt unbedingt zu vermeiden.

Marie schaut zunächst verdutzt, als sie den Flur betreten, schluckt aber die Erklärung und heißt Daniell gastfreundlich willkommen. Schnell sind sich die Frauen einig, dass nur Luxus und teure Urlaube ein

Leben in dieser Gegend erträglich machen. Paul beobachtet argwöhnisch, dass sie sich sehr gut verstehen, dazu noch mit jedem Schluck Perlwein besser. Schließlich entgleitet ihm die Situation vollständig. Hilflos muss er zur Kenntnis nehmen, dass Marie der Fremden unbedingt, den ihrer Meinung nach einzig vernünftigen Club hier zeigen will, ihr dafür selbstverständlich ein Kleid leiht und natürlich Danielle dann im Gästezimmer schläft. Seine Idee Danielle mit nach Hause zu nehmen, erscheint Paul mehr als dämlich.

Nachdem die beiden abgerauscht sind, gönnt er sich ganz entgegen seiner Gewohnheit Alkohol und schläft trozdem durchwachsen. Einmal schreckt er hoch, erkennt dann erleichtert, dass das Haus doch nicht abbrennt, ihn nur böse Träume heimsuchen. Ein Blick auf die Uhr zeigt, dass es bald hell werden muss, ein Griff zur Seite offenbart beunruhigend, dass Marie noch unterwegs ist.

Paul frühstückt am Morgen allein mit den Kindern. Es kostet ihn Mühe, seine Katerstimmung zu verbergen. Die beiden Frauen liegen im Tiefschlaf als er das Haus verlässt. Anders als sonst nimmt er heute mit Erleichterung im Büro die Krankmeldung der gestern noch putzmunteren Sekretärin zur Kenntnis. Deren spitze Bemerkungen braucht er heute sicher nicht. Jede Stunde die vergeht, ohne dass Maries Telefonnummer auf dem Display auftaucht, war eine gute Stunde.

Am nachmittag schneit Danielle herein. Sie wolle ihn nochmal sehen, bevor in zwei Stunden ihr Zug fahre. Paul reagiert mit gemischten Gefühlen.

„Und, habt ihr zwei Euch gestern prächtig amüsiert?" Will er vorsichtig wissen.

„Klar, eine richtige Granate Deine Frau."

So wirklich explosiv erschien sie Paul schon seit geraumer Zeit nicht mehr, und so hakt er verdutzt nach: „wie soll ich das verstehen?"

„Na, die hat Power, tanzt ab wie völlig losgelöst, feiert und trinkt, als ob es kein Morgen gäbe."

„Nun ja, kann ja auch den ganzen Morgen ausschlafen."

„Ja richtig, das haben wir getan, dann eben noch ein Sektfrühstück zusammen und jetzt bin ich hier."

Paul ist beruhigter, er hat nicht den Eindruck, dass die beiden sich tiefer ausgetauscht hätten.

„Ja das ist gut, kann ich Dir einen Kaffee anbieten?"

„Sicher, den kann ich gebrauchen."

„Oh, Entschuldigung. Geht nicht. Die Maschine ist nicht in Betrieb, die Sekretärin hat sich krankgemeldet."

„Aha, und Du bist nicht in der Lage selbst Kaffe zu machen, natürlich natürlich nicht."

Paul fühlt sich unwohl. Nicht weil er keinen Kaffee kochen kann, er trinkt selbst nie welchen. Nein, Danielle ist hier ein Fremdkörper, in jeder Beziehung. Ihr Erscheinungsbild passt nicht in diese Umgebung, ihre Existenz nicht in sein Leben hier. Dazu noch erlebt er sie heute aufgekratzt, um nicht zu sagen schrill.

„Wann geht Dein Zug?"

„Jede Stunde, wir haben also noch genügend Zeit."

Paul deutet auf den Aktenstapel auf seinem Schreibtisch, will ihr signalisieren, dass er auch noch etwas zu tun hat.

„Die können doch warten," kommt sie ihm zuvor und beginnt wieder an seiner Krawatte zu ziehen.

Er versucht ein Gespräch über den Unterschied zwischen Urlaubsromantik und Alltagswirklichkeit in Gang zu bringen. Danielle will ihm nicht folgen. Sie lässt nicht locker und er sich dann halbherzig darauf ein. Er ist hinterher froh, dass sie ruhig blieb. Sie jedoch, nicht zufrieden stellt die Frage, ob er oder sie heute Nacht unterwegs war.

Es kommt keine Freude mehr auf, vielmehr macht sich bedrückende Stimmung breit.

„Du kannst selbstverständlich mit dem Taxi zum Bahnhof fahren, ich ruf Dir eines und übernehme das. Sag dem Fahrer es gehe auf die Firma, Kostenstelle 3" schlägt Paul richtungsweisend vor.

„Das ist nett, ich mag keine öffentlichen Verkehrsmittel."

Die Verabschiedung hat dann genauso schalen Charakter wie alles zwischen den Beiden an diesem nieseligen Nachmittag.

Paul atmet auf, als er wieder allein ist. Drei Wochen später wird ihm die Taxirechnung vorgelegt, 175 Euro. „Dieses Luder" denkt Paul, „vermutlich hat sie sich gleich zum nächsten ICE-Bahnhof fahren lassen." Wirklich übel kann er ihr es nicht nehmen. „Geht von meinem Spesenbudget ab" weist er seine sphynktisch lächelnde Sekretärin an, deren Elefantengedächtnis mutmaßlich das Datum noch zuordnen kann. Wenigstens verschont sie ihn mit spitzen Bemerkungen.

III

„Schatz, willst Du diesen Urlaub keine Radtouren machen?" fragt Marie ihn am zweiten Tag, als er aus dem Bad kommt und im Begiff ist, mit der Familie geschlossen zum Frühstück zu gehen. Die Fahrt gestern hierher war anstrengend. Hauptsächlich wegen der Kinder, die unablässig quengelten und herum nölten, nicht schon wieder an diesen See sondern viel lieber ans Meer fahren zu wollen.

„Doch Schatz, ich bin nur noch etwas kaputt heute, ab morgen geht's wieder los". Mit was eigentlich denkt er, geht's wieder los, er mit Danielle, sie mit Davide?

„Seit ihr fertig? Kommt lasst uns runtergehen, damit wir noch einen guten Tisch bekommen" fordert er die drei auf und klatscht zweimal in die Hände.

Am Nachmittag schlendert er rüber zum zwei Kilometer entfernten Hotel, an welchem Danielle im Vorjahr angestellt war. Er weiß nicht so recht, ob es gut ist, sie anzutreffen oder besser nicht. Als er sie dann am Pool entdeckt ist er allerdings unmittelbar entschlossen, sich bemerkbar zu machen. Sie ist gerade damit beschäftigt, einer Handvoll Gästen Aquagymnastik näher zu bringen. Als sie ihn sieht schaut sie überrascht aber wohlwollend. Er hebt sechs Finger in die Luft, während er sie fragend anschaut. Sie nickt zweimal kurz und wendet sich wieder ihren Kunden zu: „eins, zwei, vor, zurück, ...“

Schon im letzten Urlaub bemerkte er während seiner Fahrten, dass frühmorgens an vielen Häusern in den Bergdörfern auf den Fenstersimsen Schuhe zum auslüften aufgestellt sind. In der Regel kein erquicklicher Anblick, so ausgetretenen, vom vielen Tragen verformt und verfärbt. Ein Paar blieb ihm in Erinnerung. Es waren zierliche Frauenschuhe, dunkelblau und irgendwie hübsch anzusehen. Als er heute, gefolgt von Danielle dort vorbei kommt, stehen sie nicht am Fenster, es ist geschlossen. Paul denkt schade und vergleicht es mit Blumen, die irgendwann gepflückt sind, konzentriert sich aber sofort wieder auf die Strecke, denn heute will er vor Danielle oben sein. Das intensive Vorbereitungstraining der letzten Wochen soll sich auszahlen. Paul kann sich zwar keinen Vorsprung verschaffen, aber Danielle ihn auch nicht überholen. Und während sich beide keuchend die Serpentinen hochwinden, werden sie zu ihrem

Erstaunen überholt. Sie schauen sich verdutzt an, mustern dann die grazile und scheinbar mühelos enteilende Radfahrerin. Bald war sie außer Hörweite und um wieder Luft zu bekommen, verlangsamt Paul das Tempo.

„Die sehen wir nicht mehr." murmelt er mit respektvollem Ausdruck.

„Ja, scheint eine richtige Bergziege zu sein, hast Du das Outfit gesehen?" erwidert Danielle.

„Ja, retro-look, aber das Rad ist außergewöhnlich, edel, Stahl, nicht leicht und damit fährt die so ein Tempo."

„Ich meine das Rad ist ihr eine Nummer zu groß gewesen." Bemerkt Danielle.

„Was ihre Leistung nicht gerade schmälert", nimmt Paul sie in Schutz.

„Und die Schuhe, dunkel blaue Ballerinas, kann sich wohl nichts leisten."

So diskutierend fahren sie mit gemäßigtem Tempo hoch nach Val rezzo. Jetzt noch um die Wette fahren kommt ihnen vor wie das Spiel um den dritten Platz.

„Es gibt immer bessere, vergessen wir sie", äußert Paul schließlich.

Diese Schuhe, dieses Rad, diese Frau: er spürt eindringlich, dass er sie wieder sehen will.

Oben angekommen wendet er und fährt rasant hinunter, als ob er Danielle abhängen will, wartet unten dann aber doch auf sie. Auf ihr „und kommst Du noch auf einen Kaffee mit" verhält er sich zunächst unschlüssig, folgt ihr dann halbherzig und obwohl Danielle sich sehr bemüht, kommt er nicht ausreichend in Fahrt. Er entschuldigt sich mit dem vielen Stress auf der Arbeit zuletzt.

„Wir sollten es morgen nochmals tun, ohne vorher den Berg hoch zu fahren" bemerkt Danielle verständnisvoll. Er weiß, dass er den Kopf auch morgen nicht freihaben wird und wundert sich, warum diese Frau auf dem zu großen Rad und mit den kleinen blauen Schuhen ihn so in Beschlag nimmt.

„Morgen geht nicht, die Familie hat Ansprüche angemeldet," weicht er aus, „vielleicht übermorgen wieder um sechs?".

„Natürlich, dann halt übermorgen, wenn Du meinst" antwortet Danielle leicht distanziert, und fügt nicht ohne verletzende Wirkung hinzu: „schone und erhole Dich gut, bis dahin."

Im Appartement ist es ruhig, die Familie frühstückt unten und Paul geht ins Netz. Mittels Suchmaschine versucht er anhand der spärlichen Daten etwas über diese Bergbewohnerin heraus zu finden, vergeblich.

Bald stöbern ihn die Kindern auf reißen ihn aus seinen Überlegungen, wie er weiter vorgehen soll.

„Papa, Papa, heute kann man mit einem Flugzeug fliegen, das auf dem Wasser startet und Mama will, dass Du mit kommst, weil sie nicht gern fliegt."

„Ah Davide ruft" denkt Paul, „fast hätte ich ihn vergessen." Er findet die Idee, diese Region aus der Vogelperspektive zu sehen heute reizvoll. Das überrascht ihn selbst.

Als Ausdauersport treibender Endorphinist verachtet er eigentlich Hobbyfliegen genauso wie jede andere motorisierte Sport- oder Freizeitaktivität.

„Schaatz, meinst Du nicht, dass Du den Kindern damit einen großen Gefallen tust?" fragt die hereintretende Marie.

Ihnen oder Dir, fragt sich Paul und pflichtet dann bei „doch sicher, was wird das kosten?"

„Schatz, ist schon bezahlt. Ihr müsst Euch beeilen, die starten bald."

„Ich habe weder gefrühstückt, noch bin ich geduscht."

„Du kommst ja auch ziemlich spät zurück und das Frühstück ist eh vorbei."

„Kommst Du denn wenigstens mit zusehen?"

„Ich schau Euch von hier oben aus zu", antwortet sie knapp mit zufriedenem Lächeln.

Also steigt er wenig später mit Marielle, Julian und drei weiteren flugaffinen Gästen in ein Motorboot, welches sie zum Flieger hinaus auf den See bringt.

Auf der Überfahrt stopft er sich zwei hastig eingepackte Kohlenhydratriegel in den Mund. Denkt wehmütig an das verpasste 5 Sterne Frühstück und dass der ganze Vormittag bislang alles andere als befriedigend verlaufen ist. Noch bevor die Maschine abhebt, riecht er, dass er nach Danielle riecht und befürchtet, dies könnte auch den anderen auffallen. Die Befürchtung steigert sich zur gefühlten Sicherheit, als sich einer der Mitflieger erkundigt, ob man hier ein Fenster öffnen könne. Eine Anregung, die anlasslos wohl keiner von sich geben würde.

Die Erschütterungen des Startvorganges und kurvige Flugmanöver drängen solcherlei Überlegungen alsbald in den Hintergrund. Offenbar will der Pilot seine Kompetenzen im Kunstflug unter Beweis stellen. Während die Kinder unbekümmert vor Freude kreischen und „super, geil, nochmal" ins Headset brüllen, hat Paul alle Mühe die soeben verspeisten Riegel bei sich zu behalten. Trotzdem hält er emsig Ausschau, wohin die Reise geht. Dabei hofft er leise seine Radstrecke und insbesondere das Dörfchen der einheimischen Radlerin vielleicht auch diese selbst von oben zu entdecken. Marielle und Julian überstürzen sich, ihm mitzuteilen was es alles zu sehen gibt. Auch Paul ist fasziniert von der der Schärfe der zum Greifen nah erscheinenden Dinge da unten. Die Strecke geht zunächst zum Comer See, wo er schmunzelnd die Uferpromenade und auch besagte Bank erkennt. Paul regt auf dem Rückweg an, ob man noch einen Abstecher über die Bergregion um Val rezzo machen könnte, worauf der Pilot bereitwillig eingeht. Und bald erscheint das Dorf und er erkennt das Haus wo immer die blauen Schuhe standen. Er sieht dort auf der Straße zwei Personen neben einem blauen kleinen Cabrio stehen. So eines parkt auch immer auf dem Angestelltenparkplatz im Hotel. Paul fasst sich an den Kopf bei dem Gedanken, es könnte dasselbe und damit das von Davide sein. Ab da hat er nur noch das Verlangen, möglichst schnell aus dieser beengten Flugkabine heraus zu kommen.

Engegen seiner Erwartung steht Marie nicht am Ufer, um ihre drei Helden wohlbehalten in Empfang zu nehmen. Selbst im Hotelzimmer hört sie den begeisterten Schilderungen der Kinder nicht gebührend zu.

„Ist was?" erkundigt sich Paul und will dabei nicht zu Ende denken, dass sie ihre freie Zeit heute wohl ohne Davide verbringen musste. Dieser Davide, bei allem Verständnis, wird ihm solangsam allzu präsent. Von allen tatsächlichen und möglichen Konstellationen, berührt ihn die Vorstellung, dieser Hallodrie verkehrt nun auch mit der unbekannten Bergbewohnerin, am unangenehmsten.

Den Rest des Tages verläuft unschön. Marie und Paul zanken sich wiederholt und schreien dazwischen abwechselnd die Kinder an. Diese bekräftigen einmal mehr, wie bescheuert der Urlaub ist und dass sie am liebsten heute noch heimfahren wollen.

Paul wirft ihnen Undankbarkeit vor, flüchtet den halben Nachmittag in den Hantelraum und am frühen Abend ins Bett.

Kurz vor vier Uhr morgens wacht er auf, gut eine Stunde bevor ihn der Vibrationsalarm am Handgelenk wach gemacht hätte. Heute soll nichts dem Zufall überlassen bleiben. Auf jeden Fall will er die Kreuzung in Porlezza passiert haben, bevor Danielle dort eintrudelt.

Er überlegt, was an Ausrüstung er mitnehmen soll. Dies erscheint ihm dann aber doch unpassend, und so lässt er Pfefferminzdragees und Hygieneartikel im Schrank versteckt. Er will erstmal die Lage erkunden, Pionierarbeit leisten. Erwartungsvoll und um nicht zu transpirieren, fährt er relativ langsam die bergige Strecke hoch. Zwar war es noch nicht ihre Zeit, trotzdem schaut er alle paar Meter nach hinten in der bangen Sorge, Danielle könnte aufkreuzen.

Als das Haus in Sichtweite kommt, sucht sein Blick die blauen Schuhe. Das Fenster war jedoch geschlossen. "Verflixt, sie ist nicht da" denkt er genervt und fährt missmutig an dem putzigen Häuschen vorbei. Dann wendet er den Kopf und sieht an der Rückseite das Paar blaue Schuhe an den Füßen einer Frau, die ihn ruhig anblickt. Paul zuckt zusammen, ist äußerst unschlüssig ob er weiterfahren oder anhalten soll. In dieser Verwirrung wird aufgrund zu geringer Geschwindigkeit seine Lage instabil, er verliert das Gleichgewicht, schafft es nicht mehr aus dem Klickpedal und fällt um wie ein Sack.

"Dummheit muss bestraft werden", hört er mit höhnisch Danielle hinter sich. Welche die Situation offensichtlich unmittelbar erfasst und sich deshalb auch nicht zu schade ist, einfach weiterzufahren.

"Seit wir wieder hier sind, habe ich nur noch die Pest an den Fingern kleben" denkt Paul und versucht sich, aus seiner misslichen Lage zu befreien. Das zu allem Überfluss auch noch zu stramm eingestellte Pedal, will seinen Fuß nicht freigegeben und Paul zappelt wie ein auf der Seite liegender Käfer. So dämlich und blöde kam er sich wenn überhaupt, so doch schon lange nicht mehr vor.

"Soll ich Dir helfen" hört er jemand sagen und blickt nach oben in ein lächelndes Gesicht. Paul will am liebsten vom Asphalt verschluckt werden. Sie hält mit kraftvollem Griff das Rad, so dass er endlich ausklicken kann.

„Ist mir auch schon passiert", äußert sie in verständigem Ton, was ihm die Situation gleich erträglicher erscheinen lässt. Dann reicht sie ihm die Hand zieht ihn mit spürbarem Ruck nach oben. Er verspürt einen Stich in seiner Schulter, vermied jedoch dies irgendwie zu zeigen, um jetzt nicht auch noch wehleidig zu erscheinen.

„Danke, ich bin Paul", äußert er, ihr dabei fest in die Augen blickend. Sie erwidert den Blick mit den Worten. „Ich weiß, Gina".

Während er dachte, noch nie in so intensiv grünblau schimmernde Augen geblickt zu haben, erkundigt er sich woher sie seinen Namen kenne.

„Ein Freund von unten, hat mir von dem unglücklichen Touristen erzählt."

Paul schaut betroffen nach unten.

„Wieso unglücklich? Und sag jetzt nicht er heißt zufällig Davide!"

„Doch genau der, und er meinte Du wärst unglücklich."

„Und woher will der das wissen?"

„Wahrscheinlich weil Du morgens so früh unterwegs bist, oder was weiß ich wie er darauf kommt. Ich kann ihn ja mal fragen."

„Ihr seht euch öfters?"

„Von Zeit zu Zeit, je nach dem wie er beschäftigt ist. Er meinte gestern, dass es nun eine Weile dauern könnte."

Da brauch ich ja nur eins und eins zusammen zählen und demnach wird Marie ab heute wohl wieder bester Laune sein, reimt sich Paul zusammen, will das Unglücklich sein aber so nicht stehen lassen und erkundigt sich, weshalb aufgrund frühmorgendlicher Aktivität so ein Eindruck entstehen soll.

„Paul, mach Dir nichts daraus, so denkt Davide eben, der würde am liebsten den ganzen Tag im Bett bleiben."

Na prima, denkt sich Paul, das wird ja immer besser und er hat jetzt dringend das Bedürfnis, das Thema zu wechseln.

„Ja, Ja ist schon gut. Aber sag mal, woher kannst Du so schnell den Berg hochfahren?"

„Ich war mal Profi, bin ein paar Rennen mitgefahren."

„Okay, da brauch ich mich ja nicht zu schämen für meine, unsere Niederlage."

„Nein brauchst Du nicht. Mit Danielle mithalten zu können, ist schon ganz gut."

„Ah, ihr kennt Euch?"

„So ein wenig, über Davide."

Über Davide, Davide, so langsam konnte er diesen Name nicht mehr hören.

„Und warum hast Du aufgehört, Du könntest doch noch dabei sein?"

„Bin schwanger geworden mit Davida."

„Davida!" Paul schlägt sich mit der flachen Hand an die Stirn. „Jetzt sag bloß..."

Gina schüttelt lächelnd den Kopf. „Nein, der Vater war auch Profi, ist zweimal bei der Tour mitgefahren".

„Oh, da bin ich hier ja in ganz elitärer Gesellschaft. Aber wieso war." Paul ahnt, dass diese Frage ungeschickt war, doch Gina blickt ihn ruhig an.

„Er ist vor zwei Jahren verunglückt, tödlich, bei der Abfahrt eines Bergrennens",

„Das tut mir leid", antwortet Paul leise.

„Danke" erwidert Gina. Beide schweigen dann, bis Paul schließlich bekundet, allmählich weiterfahren zu müssen.

„Natürlich, Deine Familie wartet."

Paul vermeint, Wehmut in ihrer Stimme zu vernehmen und während sie sein Rad zu ihm hinüberschiebt, will er noch wissen, wie alt denn die Tochter ist.

„Zwei", antwortet Gina und nickt bedeutungsvoll, während Paul es schon wieder bereut, ein offensichtlich schwieriges Thema bei der ersten Begegnung anzusprechen.

„Ja, sie wurde ein halbes Jahr nach Pauls Tod geboren." Obwohl Gina keine Anzeichen zeigt, dass es ihr schwer fällt darüber zu sprechen, ist es Paul unangenehm und er lenkt ab mit der ihm unverfänglich erscheinenden Frage, warum sie ein so großes Rennrad fährt.

„Es war Pauls Trainingsrad, das einzige, das ich behalten habe."

Paul ist nun kurz davor, sich auf die Zunge zu beißen und verabschiedet sich etwas linkisch mit Handschlag.

Auf der Rückfahrt geht ihm viel durch den Kopf. Zunächst die feste, mutmaßlich an Arbeit gewöhnte Hand Ginas, dann die Frage ob Gina nur hübsch oder mit ihrem feinen Gesicht, den langen, dichten braunen Haaren und ihrer schlanken, sehnigen, dennoch femininen Figur nicht unendlich schön ist. Auch bewegt ihn, ob er sie meiden oder nochmals aufsuchen soll. Er ärgert sich über sein plumpes Verhalten, das ihn an seine frühe Jugend im Umgang mit Frauen erinnert, also meiden. Doch er weiß, dass er unter allen Umständen ihre Nähe wieder suchen wird.

Unter dem Strahl der warmen Brause phantasiert er, wie herrlich es wäre jetzt hier nach einer gemeinsamen Tour mit Gina zu duschen, wird dabei allerdings abrupt unterbrochen, indem Marielle vor der Glaskabine aufkreuzt und ihm anklagend kundtut, Mama habe die Absicht, den Aufenthalt hier zu verlängern und das Appartement bereits reservieren lassen.

„Papa, das willst Du doch auch nicht, Julian und ich haben es satt hier, wir wollen woanders hin, am besten nach Hause".

„Aber mein Mariechen, ihr zwei seid aber auch ganz schön undankbar. Zu Hause sind wir noch lange genug und wir haben es doch so schön hier."

„Ja, Du und Mama haben es schön hier. Du fährst immer Rad und ansonsten interessiert Dich doch auch nichts. Und Mama, ich glaub die knutscht bald diesen Davide."

„Oh, wie kommst Du denn darauf?"

„Schau sie dir doch an, sie ist immer in seiner Nähe. Sie rauchen schon zusammen."

„Sie hat das rauchen wieder angefangen. Das gefällt mir ja gar nicht."

„Ja siehst Du, Du bekommst nichts mehr mit und wir langweilen uns hier. Ich will heim.

„Ich rede mal mit Mama", verspricht Paul, zieht sich an und geht in den Frühstücksraum zu Marie.

„Du rauchst wieder?"

„Jetzt reg' Dich nicht gleich auf. Ich habe vorhin eine gepafft, das war alles."

„Mariechen sagt Du willst hier verlängern."

„Ja warum nicht? Wir haben hier doch eine tolle Zeit mit vielen Möglichkeiten."

„Mariechen sagt, Du flirtest mit Davide."

„So ein Quatsch, Mariechen sagt, Mariechen sagt, ja er ist nett, sehr aufmerksam, aber Paul, mach' Dir kein Kopf. Wie war Deine Tour?"

„Gut, wie immer, habe die anspruchsvolle Strecke gewählt."

„Hoffentlich hast Du noch genug Energie für die Kinder, Du solltest Dich mehr engagieren, mehr mit Ihnen unternehmen, damit sie auch ihren Spaß haben hier."

„Also wenn das einer tut, dann ich. Wer von uns ist denn gestern in diese Knatterkiste gestiegen?"

„Ja Paul, ist schon gut. Schon wieder regst Du Dich auf. Was meinst Du denn zu meiner Idee, länger hier zu bleiben."

„Dir scheint es hier gut zu gefallen und das liegt nicht zufällig an diesem Wellness-Dandy?"

„Hör jetzt auf damit! Weiß ich, was Du vormittags immer treibst? Also Schluss jetzt mit diesem Blödsinn! Bleiben wir länger, ja oder nein?"

„Meinetwegen, hängen wir das Wochenende noch dran, und bring' Du es den Kindern bei."

Marielle und Julien schmollen und verbringen den ganzen Tag im Teens-Club. Die Eltern sind ohnehin nicht zu gebrauchen. Marie überfliegt eine Zeitschrift nach der anderen und Paul wirkt abwesend, in sich versunken. Am Nachmittag bewegt er aus Langeweile im Fitnessraum unmotiviert gummiertes Eisen hin und her. Das Abendessen verläuft wortkarg und Paul verabschiedet sich baldmöglichst ins Bett.

Mindestens zweimal wacht er kurz auf, weil Marie den Fernseher laufen lässt. Wiedermal hat sie sich für eine komplizierte, aufgeladene Liebesgeschichte vor Südngands Küstenkulisse entschieden. Kein Stoff der ihn vom schlafen abhalten könnte. Dann sieht er sich auf einer Klippe liegen, auf ihm Gina, sehr gut fühlt es sich an. Dann kippt der Felsen immer weiter nach vorne und sie rutschen eng umschlungen zum Abgrund. Sie hält sich noch fest, er aber stürzt hinunter. Mit einem lauten „Neiiiin" schreckt er kurz vor dem Aufprall hoch. Dunkelheit ist um ihn und Maries genervte Stimme erkundigt sich schlaftrunken, ob er jetzt wieder Ruhe geben könne.

„Aber sicher Schatz, ich hab nur was geträumt."

„Dann ist ja gut."

IV

Zum ersten Mal reduziert er heute sein Rad auf ein Fortbewegungsmittel das ihn lediglich schnellstmöglich von A nach B bringen soll. War der Weg bisher das Ziel, so freut er sich jetzt über jeden zurückgelegten Höhenmeter, der ihn vom Tal hinauf Gina näherbringt. Und als er durch das zweite Dörfchen fährt, ist er nicht überrascht sie dort mit ihrem Rad stehen zu sehen, auch nicht positiv überrascht. Sie begrüßen sich lächelnd, als wären sie, wie schon so oft, hier an dieser Kreuzung verabredet. Selbstverständlich und ohne Streckendiskussion lassen sie den Abzweig, der wieder zum See hintergeführt hätte hinter sich und ziehen Seite an Seite die sich in den Berg hinein schlängelnde Straße hoch. Es ist ein klarer Morgen. In der Nacht hat es geregnet, jetzt strahlt ihnen alles frisch entgegen. Noch ist es sehr kühl, doch die Sonne gewinnt spürbar an Wärme, verspricht demnächst zu sengen.

Er fährt zwar am Limit, weiß aber, dass wesentlich Gina seinen Puls hämmern lässt. Er genießt ihre Nähe, verwehrt sich jeden Gedanken an Entwicklungen, die sich an diesem Tag noch ergeben könnten. Gina hat durchaus noch Reserven, das Tempo deutlich zu verschärfen. Es herrscht jedoch zwischen beiden keinerlei Wettbewerb, vielmehr eine Stimmung der Vertrautheit, der Verbundenheit. So als wären dies nicht die ersten gemeinsamen Meter, als wären sie schon tausende Kilometer zusammen gefahren, oder keinen einzigen Meter bisher anders als miteinander unterwegs gewesen. Zu bezaubernd, zu gehaltvoll, zu schön empfinden sie die Stimmung als dass einer das Bedürfnis hat etwas zu sagen und plötzlich stehen sie vor Ginas Haus. Verlegen, fast beschämt schauen sie sich an. Keiner will irgendein Signal geben. Irgendwann sagt Paul: „Schönes Haus". Und auf Ginas Frage „willst Du es sehen?" nickt er unverzüglich und sie gehen hinein.

Paul findet es auch innen schön. Einfach eingerichtet, schlicht aber geschmackvoll und so aufgeräumt, als ob sie mit Besuch rechnete. Sie stehen in der Wohnstube und wissen nicht so recht, wie es jetzt weiter gehen soll. Dieses unbestimmte Abwarten fühlt sich für die beiden in den verschwitzten Radsachen zunehmend dicht an. Paul ist froh, dass Gina ihm anbietet zu duschen. Er traut sich nicht, die ihm auf der Zunge liegende Frage auszusprechen, ob sie nicht mitkommen will. Stattdessen bietet er ihr an auch gerne zu warten, falls sie zuerst ins Bad gehen will. Kurze Zeit später kommt sie zurück, das nasse Haar offen, barfuß und um den Körper ein eng anliegendes helles Kleid aus schlichtem Leinen. Besser als jedes Label denkt Paul und mustert sie sprachlos fasziniert. Gina ist sich über ihr out fit unsicher und fragt sich zudem was sie ihm anbieten soll. Auf Pauls Bemerkung, dass er ja nun auch duschen gehen könne, nickt sie erlöst und führt ihn ins Badezimmer. Der Genuss dauert nicht lange. Waren es sonst die Kinder, die ihn vorzeitig aufstöberten, so war der limitierende Faktor hier das alsbald einsetzende eiskalte Wasser. Wenigstens hat Ginas Körper noch die warme Brause abbekommen denkt er. Vergeblich versucht er sich zu erinnern, wann zuletzt er die Erfahrung einer begrenzten Warmwassermenge gemacht hat. Zu zweit, mit ihr hier und 20 Grad wärmer, stellt er sich bildhaft vor, während er mit zusammen gekniffenen Augen dem eiskalten Strahl trotzt. Gina ahnt schon was los ist und kaum hat er das Wasser abgestellt fragt sie durch die Türe, ob sie ihm ein angewärmtes Handtuch über die Kabine reichen soll, was er gerne bejaht. Dann ist er schneller aus der Kabine als sie aus dem Zimmer und so stehen sie sich dicht gegenüber, sie in Leinen, er in Frottee. Gina sieht, dass er vor Kälte zittert. Er hingegen spürt brennendes Verlangen ihr näher zu kommen. Sie lässt es gerne zu und so berühren sich ihre Körper, für wenige Momente durch Stoff getrennt, dann ohne. In den darauf folgenden Stunden fragt sich Paul wiederholt, wofür überhaupt er bislang gelebt hat. Zwischendurch essen sie Butterbrot mit Bergkäse, trinken Milch. Die Runden werden länger und intensiver und plötzlich macht Paul eine ganz neue Erfahrung. Er schläft tatsächlich direkt danach ein. Bislang dachte er dies sei ein Mythos. Entstanden aus dem Umstand, dass viele seiner Geschlechtsgenossen im Anschluss einen Schlummer vortäuschen, um den üblicherweise eingeforderten Liebesbekundungen mit Kuschelzwang zu entgehen.

94 neue Nachrichten sieht Paul auf seinem Display prangen, als er nach ungefähr 70 Stunden sein Smartphone wieder in Betrieb nimmt. Er legt es ohne weiteres weg, will sich gar nicht vorstellen, dass es außerhalb dieses rustikalen Zimmerchens da draußen noch eine Welt gibt. Gina steht am Fenster, winkt ihn zu sich. Er denkt „oh, vor der Bergkulisse, ja warum nicht". Sie zeigt hinunter auf die Straße und da sieht er zuerst die beiden Fahrräder immer noch an der Gartenmauer lehnen und dahinter das kleine blaue

Cabrio mit wie immer offenem Verdeck. Danielle und Davide steigen gerade aus. Marie bleibt hinten sitzen. Hinter ihrer großen, tief schwarz getönten Brille scheint sie ihm so weit entfernt wie noch nie. Paul widersteht dem Impuls, sich ins durchwühlte Bett zu verkriechen. Er will sich das Handtuch um die Hüfte wickeln. Doch Gina, anscheinend hat sie geahnt, dass früher oder später jemand aufkreuzt, drückt ihm Männerkleider in die Hand. „Von Paul", bemerkt sie, wobei sie die Handflächen zwei mal vor und zurück bewegt, als wollte sie ein *nimm ruhig* hinzufügen. Paul streift es sich über, nicht ohne festzustellen, dass das Hemd ihm eine Nummer zu weit geschnitten ist. Er mustert vorsichtig Gina, ob ihr das auch auffällt und hat dabei den Eindruck, sie freut sich, ihn in diesen Sachen zu sehen. Da jetzt von unten schrilles Klingeln ertönt, schauen sie sich ratlos an, dann geht Paul voraus die enge Holztreppe hinunter und öffnet die Tür.

„Bei allem Verständnis, aber meint ihr beide nicht, dass ihr da übertreibt", eröffnet Danielle das Gespräch und deutet mit einem Schulterblick auf die im Auto verbliebene Marie, als hätte er mal vergessen, verehelicht zu sein.

Paul entdeckt entgegen ihrer Bekundung kein Verständnis im Gesichtsausdruck von Danielle, wohl aber in dem von David. Der steht breitbeinig grinsend da und zwinkert Paul verbrüdernd zu.

„Du kannst Dir denken, dass die sich gewaltig Sorgen macht", redet Danielle weiter.

Paul reibt sich mit der Hand von oben nach unten über das Gesicht und fragt Danielle, ob Marie irgendetwas habe verlauten lassen.

„Wiederholen wir besser nicht."

Paul ist bestrebt, keinen unsouveränen Eindruck zu erwecken und geht möglichst aufrecht hinüber zu Davides Cabrio. Dies fällt ihm noch schwerer als erwartet, da er keine Schuhe an hat und die spitzen Steinchen ihm unsäglich zusetzen. Er hat alle Mühe, sich nichts anmerken zu lassen und ist froh als die Distanz überbrückt ist.

„Ich reich die Scheidung ein. Erst diese Danielle mir als Bewerberehefrau vor zu lügen und dann das hier", hört er Marie hinter der Sonnenbrille mit entschlossenem Tonfall, „ und wie siehst' Du überhaupt aus, wie ein Bergbauer!"

Paul schaut an sich hinunter, nicht ohne sich zu gefallen und kontert, „kannst Du machen, ich komme nicht zurück."

„Willst Du hier in diesem gottverlassenen Winkel bei dieser Bergtussi bleiben?"

„Genau."

„Du spinnst total, die Kinder jedenfalls bleiben in der Zivilisation und glaube nicht dass wir Dir irgendetwas schenken."

Paul dreht sich um und geht zum Haus zurück. Unglaublich wie weit weg Marie ihm vorkommt und wieder muss er an sich halten, damit sie ihm die Schmerzen an den Fußsohlen nicht anmerkt.

„Tja, wenn ihr es geklärt habt, dann können wir ja jetzt wieder fahren", versucht Davide die Situation zu interpretieren.

Danielle hat sich bereits mit Marie solidarisiert und bemerkt aufgebracht, dass es hier nicht um austauschbare Affären geht sondern eine Familie zerbricht.

„Ich glaube auch, es ist besser ihr fahrt wieder, ich weiß schon was ich tue, " gibt Paul von sich und ist selbst von seiner Entschlossenheit überrascht.

Mit zusammen gekniffenen Augen verfolgt er das sich rasch talwärts entfernende Auto, dann geht er zu Gina, nimmt ihre Hand und zieht sie sanft zum Hauseingang. Dabei fällt sein Blick auf die beiden, immer noch an der Mauer lehnenden Räder und er fragt sie, ob es Platz zum unterstellen gibt. Sie nickt und sie schieben die Räder ums Haus in die Scheune. Paul stützt sich am Hinweg aufs Rad und zurück auf Gina, um den Schmerz an den Fußsohlen erträglicher zu machen. Ihr gefällt es, dass er sich anders als eben noch in Maries Gegenwart nicht scheut, verletzlich zu erscheinen.

Drinnen verwirft er seinen Gedanken, möglichst unmittelbar wieder da weiter zu machen wo sie eben unterbrochen wurden. Er spürt ihre Zurückhaltung.

„Alles okay mit Dir?" versucht er in einen Dialog einzusteigen.

Gina schweigt darauf und reagiert kalt auf seinen Versuch, sie in den Arm zu nehmen. Paul ist von den jüngsten Ereignissen selbst aufgewühlt und versucht rasch Klarheit zu bekommen.

„Willst Du das hier überhaupt, oder soll ich fahren?"

„Nein, nein, auf keinen Fall", antwortet sie hastig und Paul ist sich nicht sicher was sie nun auf keinen Fall will.

„Also soll ich bleiben?"

„Gerne, von mir aus, aber weißt Du, was Du da tust, Deinen Kindern antust?"

Die hat Paul bis jetzt ziemlich ausgeblendet und er will sich auch aktuell nicht wirklich mit all den Konsequenzen befassen. Also fängt er wieder an, Gina zu küssen und murmelt ihr ins Ohr: „Lass uns erst mal alles vergessen, alles außer uns".

Sie folgt seinem sanften aber unmissverständlichem Zug Richtung Treppe, wo er sie auf seine Arme hebt und nach oben trägt.

Hatten sie sich beide vorhin schon in leidenschaftlichem Neuland bewegt, so sprengt das nun folgende alles was sie jemals erlebt, ausgemalt oder gewünscht haben. Auch geschuldet der gedrängten Situation, verlieren sie jeglichen Rückhalt, geben sich alles und darüber hinaus. Sie empfinden keine Grenze mehr zwischen sich, atmen sich aus und ein, verschmelzen im Kern ineinander.

V

Es dämmert, als Paul zu sich kommt. Gina liegt schlafend auf ihm, den Arm um ihn geschlungen. Er nutzt die Zeit, um etwas nachzudenken. Dabei fährt er mit dem Finger sanft durch Ginas Haare, die alsbald aufwacht und fragt, ob er auch hungrig sei. Er bejaht, verkneift sich dabei die Bemerkung, erneut hungrig auf sie zu sein. Bald sitzen sie unten am massiven Holztisch und essen Brot, Butter, Käse und Aufschnitt. Paul fühlt sich sehr an seine Zeit als Student erinnert. Das Einnehmen einer schlichten Mahlzeit mit einer Geliebten in deren Wohnung, einer Geliebten, die neu und fremd ist. Allerdings hat er, anders als damals jetzt nicht das untrügliche Gefühl, dass alles nur von kurzer Dauer sein wird. Ginas Schweigen kann er zwar nicht einordnen, er empfindet es nicht befremdend, vielmehr vertraulich. Auch später im Bad sprechen sie wenig, verhalten sich wie in einer schon länger bestehenden Beziehung. Im Bett liegen sie nebeneinander, jeder auf dem Rücken, als Gina ruhig und ernst kundtut, es sei ihr größter Wunsch ist, wenn er bei ihr bleibe. Jedoch, sie habe keine Ersparnisse und ihre kleine Witwenrente zusammen mit dem mühsam hier oben verdienten Geld reiche nicht für alle drei. Paul argumentiert, dass er seinen Beitrag schon leisten wird, wenngleich ihm selbst rätselhaft bleibt auf welche Weise. Eine Ausbildung hat er nicht und seine fundierten Kenntnisse im Qualitätsmanagement eines Finanz-strukturbetriebes werden hier weit und breit niemanden interessieren. Gina regt an, dass er sich eine Stelle in Lugano suchen könnte. Das gefällt Paul nun überhaupt nicht. Das tägliche Gekurve am Ufer entlang, schrecklich stellter es sich vor. Noch schlimmer aber, wieder in einem Großraumbüro zu sitzen und sich größtenteils mit Sinn befreiten Prozessen zu befassen. Nein, er wolle hier oben Geld mit seiner Hände Arbeit verdienen, verkündet er mit zuversichtlicher Inbrunst. Gina sagt darauf nichts und Paul verspürt einen Tatendrang, der rasch wieder in körperliche Annäherung mündet. Und so lieben sie sich noch einige Male, bevor gegen Mitternacht beide ein glücklicher Schlaf umfängt.

Knapp vier Stunden später schreckt Paul hoch. Den Wecker hat er nicht gehört, aber Gina hat das Licht angemacht und ist dabei sich anzuziehen.

„Alles o.k.? Ist etwas passiert?", murmelt er schlaftrunken.

„Nein, nein, alles gut, ich geh nur auf die Alm melken."

„Was!" ruft Paul, der jetzt senkrecht und hellwach im Bett sitzt, „ich komme mit!".

Gina lächelt unsicher und versucht vergeblich ihm zu erklären, dass dies eine für ihn ungewohnte und zweifelsfrei anstrengende Tätigkeit bedeutet. Aber Paul lässt sich nicht davon abbringen, zieht sich rasch Pauls Hose und Hemd über und alsbald folgt er ihr auf dem sich steil nach oben windenden Pfad. Paul geniest die frische, kalte Bergluft, was er zunächst auch der schweigsamen Gina gegenüber wiederholt kund tut. Nach einer Stunde beginnt auch er zu schweigen und ist schließlich froh, als sie ankommen. Zumal Pauls Schuhe, eine halbe Nummer zu klein, ihm anfangen empfindlich zuzusetzen. Routiniert lässt Gina die Kühe antreten und melkt eine nach der anderen. Paul schaut ihr zu und ist nun im Bilde über die Ursache ihres festen Griffes. Er muss schmunzeln bei der Erkenntnis woher ihre unvergleichliche manuellen Geschicklichkeit stammt. Vorsichtig bietet er seine Hilfe an, doch sie winkt ab. Sie befürchtet, er könne die Tiere nachhaltig verstören. Also setzt er sich ins Gras und schaut ihr weiterhin versonnen zu. Am späteren Vormittag kommt der Bauer Lucco vorbei und entlohnt

Gina. Er erkundigt sich nach ihrem Begleiter und bemerkt, dass er heute noch vorhabe zu mähen. Paul wittert eine Chance, sich nützlich zu machen und bekundet, dass er als Kind auf einem Bauernhof bereits mit der Sense hantiert habe. Gina und Lucco schauen ihn abwägend an. Sie erklärt dann, dass sie ins Dorf zurück müsse, um Davida von der Tante abzuholen, er aber gerne dem Bauer versuchen könne zu helfen. Paul legt sich mächtig ins Zeug. Schon am frühen Nachmittag kann er sich nicht mehr erinnern, wann er zuletzt so mallochte. Gut, er ist in trainiertem Zustand, aber eben nicht für diese Art Tätigkeit. Er fragt sich, wie der untersetzte Lucco dies bewerkstelligt, welcher unermüdlich und äußerst effektiv mit der Sense hin und her wedelt. Bei Paul wirkt es dagegen mehr wie unbeholfenes herumstochern und während Lucco immer noch mit dem ersten Schliff arbeitet, musste er Pauls Sense bereits mehrfach nachgeschliffen werden. Zu guter Letzt bleibt Paul noch mit der Spitze in einem Maulwurfhügel hängen, gerade als er einen besonders kräftigen Schwung ausführt. Mit unerfreuter Miene nimmt Lucco die völlig verbogene und nun sichtlich Reparatur bedürftige Sense zurück. Immerhin nickt er aufmunternd, als Paul bereitwillig bekundet, für den materiellen Schaden selbstverständlich aufzukommen. Zum jetzigen Zeitpunkt über die Entlohnung seiner bisherigen oder einer eventuell zukünftigen Tätigkeit mit Lucco zu verhandeln wäre kontraproduktiv, um nicht zu sagen dreist. So verabschiedet sich Paul mit einem entschuldigenden Lächeln. Er weiß, dass ihm das Schlimmste noch bevorsteht, nämlich der Abstieg in den zu kleinen Arbeitsschuhen Pauls. Darin haben sich in den vergangenen Stunden bereits schmerzhafte Blasen gebildet. Außer Sichtweite zieht er es dann vor, barfuß zu gehen, was immerhin etwas weniger schmerzhaft ist. Fertig, durstig und matt erreicht er Ginas Haus. Der Gedanke, sich jetzt erstmal zu erholen weicht vor der Tür einem durchdringendem Kindergeschrei. Klar, Davida, hatte er ganz vergessen. Gina hält die Kleine auf dem Arm und blickt ihn erwartungsvoll an. Er hat in den letzten Jahren bei solchem Anblick immer vollmundig preisgegeben, diese viel gelobte Zeit glücklicherweise ein für alle mal hinter sich zu haben. Nun scheint sie wieder voll da zu sein. Er ringt sich ein Lächeln ab, geht zu den beiden, küsst Gina auf die Wange, streichelt Davida mit den Worten „hübsch, sehr hübsch" über das lockige Haar und lässt sich auf das Sofa fallen. Er schaut nochmal zu

Davida, welche ihm wirklich so hübsch erscheint, dass er vermeint, sie könnte doch aus der Verbindung mit Davide entsprungen sein. Wie dem auch sei, er war zu kaputt, sich da irgendwie was aus zu malen. Ginas Frage ob er etwas brauche dringt nicht mehr zu ihm vor. Er verschläft den Rest des Tages und als er aufwacht ist es dunkel und sehr ruhig. Zunächst humpelt er in die Küche stopft Wasser und Brot, herrliches Wasser und köstliches Brot in sich hinein, wäscht sich dann mit herrlich kaltem Wasser, Dann schleicht er sich ins Schlafzimmer zur ruhig und gleichmäßig atmenden Gina. Neben dem Fenster sieht er im Mondschein Davida halb aufgedeckt, steht auf und zieht ihre Decke hoch. So eine unglaublich füllige Decke hat er noch nie hantiert und er fragt sich, ob dieses Gewicht dem zerbrechlichen Körperchen angemessen ist. Andererseits spürt er den kalten Luftzug durch das geschlossene Fenster, während er nochmals ihr Gesichtchen mustert. Er erinnert sich, dass die kleine Marielle ihn damals auch faszinierte, natürlich, aber diese kleine Madame hier war vollendet. Von Davide oder Paul, egal woher, denkt er vor sich hin und bewegt sich möglichst leise wieder Richtung Bett. Zunächst leise, dann verfängt sich sein linker Fuß

71

am Teppichvorleger. Er verliert das Gleichgewicht und knallt vornüber mit dem Kopf gegen den massiven Eichenpfosten des Betthimmels. Die Stirn fühlt sich sofort warm, nass und klebrig an. Er flucht, Gina schreckt auf und macht das Licht an. „Ach Du liebe Zeit, warte ich hol ein Tuch" und schon eilt sie Richtung Bad, während Paul versucht so viel Blut als möglich mit den Händen abzufangen. Davida schreit mittlerweile durchdringend. Gina kommt mit einem weißen Linnen zurück und drückt es behutsam auf die klaffende Wunde.

„Ich Trottel, wollte Euch nicht wecken und jetzt so eine Sauerei" stammelt er, „wie spät ist es eigentlich?"

„Schon drei Uhr, in einer Stunde hätte ich eh aufstehen müssen".

„Wir" ergänzt er tapfer, während er den Stoff auf seine Stirn presst. Gina schüttelt unmerklich den Kopf und kümmert sich um Davida.

Bald ist das Tuch durchgeblutet und Gina schlägt vor, einen Arzt zu rufen, was er nach kurzer Diskussion einsieht. Sie geht zum Telefon und er hört wie sie einen gewissen Roberto bittet, vorbei zu kommen, es gebe eine Wunde zu nähen. Paul ist überrascht, dass es keine zehn Minuten dauert, bis der Arzt klingelt.

„Ihr seid in den Bergen schneller da, als die Notärzte in den Städten," bringt er seine Verwunderung zum Ausdruck. Roberto fackelt nicht lange, nimmt Nadel und Garn und schließt die Wunde. Paul gelingt es angesichts fehlender Lokalanästhesie, die Stiche fast klaglos wegzustecken. Schließlich will er nun hier keinesfalls einen weichen Eindruck erwecken und so ist er auch nicht unfroh, dass die kleine Davida immer noch für eine gewaltige Klangkulisse sorgt. Während er die Nahtstelle weiträumig verpflastert, wirft Roberto Gina einen fragenden Blick zu, dem sie mit einem vielsagendem Lächeln begegnet. Paul bemerkt, dass er auslandskrankenversichert ist und sich baldmöglichst um die Liquidation dieser ärztlichen Notfallleistung kümmern wird. Roberto winkt ab und verabschiedet sich mit den Worten „ciao, ciao Bellas".

Es ist wieder ruhig, Davida schläft und Gina beginnt sich anzukleiden. Paul folgt ihrem Beispiel motiviert. Er lässt sich keinesfalls überreden, daheim zu bleiben, sich auszuschlafen, dem Körper Erholung zu gönnen. Nein, er werde selbstverständlich wieder mit auf die Alm gehen. Beim rustikalen Frühstück erkundigt er sich, ob sie den Arzt näher kenne, da sie ihn beim Vornamen nannte.

„Schon lange, er war ein guter Freund von Paul und hat seine Radsportkarriere begleitet."

„Wie soll ich das verstehen, so mit allem drum und dran?"

„Kann man so sagen"

„Ah, ein Dopingarzt also".

„Vielleicht teilweise auch das, mir wurde wenig erzählt und..."

„Ja lassen wir das" fällt er ihr ins Wort „ist Vergangenheit".

Mit beginnender Morgendämmerung gehen sie nach draußen. Gina hat Davida warm eingepackt und Paul, angeschlagen von der kurzen, ereignisreichen Nacht, fröstelt erheblich.

„Ganz schon kalt noch, ich denke das sind unter Null Grad hier."

„Gut möglich, aber das ändert sich bald, wirst schon sehen", antwortet Gina.

Als sie an einem stattlichen Haus vorbeikommen, erklärt sie ihm, dass hier Roberto wohnt. Er kann in der Dunkelheit nicht recht lesen was auf dem Schild neben der Tür steht und fragt sie danach.

„Na sein Beruf als Arzt eben: Veterinario".

Paul geht näher ran und ließt die Zeile darunter: *Tutti gli animali.* Dabei fasst er sich unwillkürlich an die plötzlich wieder vernehmbar pochende Stirn und wiederholt langgezogen das animali.

„Keine Sorge", beschwichtigt ihn Gina, „er hat mir auch schon ein Muttermal entfernt und Davida am Kinn genäht und da ist kaum noch was zu sehen".

Nun ja, denkt sich Paul, ein ganz schöner Allrounder. Dass er ohne Lidocain genäht wurde und der Verband sehr üppig ausgefallen ist, wundern ihn nun nicht mehr.

Nach einer knappen halben Stunde erreichen sie ein Gehöft und Gina klopft gegen die Fensterscheibe, welche sich kurz darauf öffnet. Er sieht zwei Hände, die Davida in Empfang nehmen und hört wie Gina kundtut, dass diese noch nichts getrunken hat und ob es ausreiche, wenn sie sie morgen abholen komme, was bejaht wird. Dann schließt sich das Fenster und die beiden setzen ihren Weg fort.

„Ich denke, wir sollten heute Abend auch wieder Zeit für uns haben", bekundet Gina mit einem verstohlenen Lächeln. Angesichts der jüngst zurückliegenden Vorkommnisse und der zu erwartenden Strapazen des noch ganz jungen wenngleich schon fordernden Tages, fehlt Paul aktuell die Kapazität sich Zweisamkeit auszumalen. Dennoch pflichtet er bei, dass dies eine schöne Aussicht ist, auf die er sich jetzt schon freue.

Kaum dass die Sonne aufgegangen ist, wird es rasch und deutlich wärmer und damit nimmt auch der pochende Schmerz an seiner Rissquetschwunde wieder rasch an Fahrt auf. Paul ist mit sich selbst beschäftigt und froh als sie den Aufstieg hinter sich haben. Gina bemerkt, dass er heute angestrengter ist und überlegt ob sie Lucco bitten soll, ihm eine leichte Tätigkeit anzubieten, nur welche? Anderseits weiß sie wie schnell Paul in seinem Ehrgeiz gekränkt ist, wenn er hier auch nur leise den Eindruck von Schonung erweckt bekommt. Lucco mustert erst mal schweigend aber mit überlegendem Blick das monströse Stirnpflaster, was Paul zunächst verlegen zu Boden blicken lässt. Dann richtet er sich aber auf und fragt, was er heute tun soll.

„Versuchen wir es nochmal mit dem mähen", bedeutet ihm Lucco. Gina blickt kurz vorwurfsvoll zu Lucco und macht sich dann an ihre Melkarbeit.

Parallel zur steigenden Tagestemperatur entwickelt sich der Wundschmerz zum Problem und Paul visualisiert am Waldesrand eine Apotheke mit freiverkäuflichen Schmerzmitteln. Nach außen ist er bestrebt, sich nichts anmerken zu lassen. Immerhin, der Umgang mit der

Sense ist bereits unproblematischer als am Vortag, wenngleich noch wenig effektiv. Dies muss er besonders feststellen, als Gina nach der Melkerei sich anschließt und zugegebenermaßen zwei bis dreimal schneller vorankommt. Heute ist Paul richtig froh, als das Tagwerk für beendet erklärt wurde allerdings graut ihm mit seinen wundgescheuerten Füßen vor dem Abstieg. Um diesen vorher nochmal Luft zu verschaffen zieht er die Schuhe aus und selbst Lucco zuckt zurück angesichts des sich offenbarenden Gemischs aus Blut und Eiter. Ob ihm wohl schlecht wurde, denkt Paul als Lucco sich abrupt zur Hütte begibt. Doch dieser kommt rasch wieder zurück mit einem Paar Schuhe, welche er Paul schenken könnte. Paul nimmt dies dankend an, schließlich hofft er auf Besserung der Qualen und ist darüber hinaus amüsiert von deren Erscheinung, was wiederum Lucco nicht verborgen bleibt.

„Stammen noch von meinem Großvater, dessen Bruder war Schuster und diese hier kamen schon im Weltkrieg zum Einsatz."

Nachdenklich schnürt Paul die verstaubten Bändel zu ist aber schon nach wenigen Schritten überzeugt, bislang noch nie vergleichbar wertiges Schuhzeug getragen zu haben.

Beschwingt wie selten macht er sich mit Gina auf den Heimweg. Weder Stirn noch Füße senden Schmerzsignale. Das hinter ihm liegende körperlich anstrengende den Geist jedoch nicht belästigende Tagewerk, die traumhafte Kulisse und dazu noch die Aussicht auf zärtlichen Ausklang des ohnehin schon erfüllten Tages, konfrontieren sein Gehirn mit Unmengen an Glücksbotenstoffen. Paul beginnt zu schwärmen vom Hier und Jetzt, von der Zeit, als noch schöne und stabile Schuhe geschaffen wurden, als Handwerker noch Künstler waren. Er beginnt auszuführen, dass es an der Zeit ist, sich wieder auf das Einfache und Wesentliche zurück zu besinnen, die globale Fehlentwicklung umgekrempelt werden muss, zurück zur Einheit von Mensch und Natur. Gina ist einerseits erfreut, dass er sich wohlfühlt. Hat sie doch permanent die Sorge, dass er sie zugunsten der Vorzüge seiner bisherigen Existenz bald wieder verlässt. Sie hat selbst wiederholt vorgehabt, in eine Stadt umzusiedeln, schließlich kennt sie die Härte und Entbehrung des in vielerlei Hinsicht kargen Lebens hier oben. Andererseits befürchtet sie, die Anstrengung und die

Sonneneinstrahlung könnten seinen Geist gerade durcheinanderbringen.

Als sie zu Hause ankommen, widersteht Paul seinem dringenden Bedürfnis sich auf die Couch zu legen und bietet seine Unterstützung bei der Hausarbeit an. Beim Abendbrot ist er schweigsam und kann seine Erschöpfung kaum mehr verbergen. Gina überlegt, ob sie spaßeshalber noch eine kleine Radausfahrt vorschlagen soll, unterlässt dies dann aus Höflichkeit. Stattdessen fragt sie, ob er auch zeitig schlafen gehen will, woraufhin er eifrig nickt.

Im Bett überfällt ihn dann endgültig eine bleierne Müdigkeit und trotz beiderseitigem redlichem Bemühen kommt dort nichts mehr zu Stande.

In den nächsten Monaten reihen sich die Tage wie schimmernde Perlen aneinander. Pauls anhaltendes Glücksempfinden prägt den Alltag und wirkt auf Gina ansteckend. Deren letzte Jahre bestanden aus Arbeit, Kindsversorgung und nur zeitweise unterbrochener Einsamkeit, weshalb sie empfänglich für die augenblickliche Seligkeit ist.

Zwischendurch erreichen Paul mehrere Schreiben eines renommierten Scheidungsanwalt, welche er ohne weiteres unterzeichnet. Dadurch entledigt er sich seiner bisherigen sozialen Existenz und fast gänzlich seiner Vermögenswerte. Sein ohnehin gehobenes Lebensgefühl, gewinnt so zusätzlich an Leichtigkeit. Gina fällt es mitunter schwer, seinen Höhenflug mitzuhalten.

Auf Briefe seiner Kinder antwortet er so begeistert, beschreibt Ihnen die einfache Bergexistenz als erstrebenswerteste Daseinsform, dass diese alsbald nicht mehr antworten.

Auch als Gina ihm eines Abends darauf aufmerksam macht, nunmehr schon seit drei Wochen keine Regel mehr zu haben, reagiert Paul freudig, wünscht sich ein Mädchen. Es wird ein Junge. Die Geburt findet zu Hause statt, eine Hebamme ist nicht anwesend, dafür Roberto, welcher Paul die Nabelschnur durchtrennen lässt.

Paul ist mittlerweile im Dorf vielseitig beschäftigt. Von allen Nachbarn wird er gefragt bei deren Angelegenheiten zur Assekuranz. Seine interessanten Ideen zum Steuersystem finden in immer weiteren Kreisen großen Anklang. Wenn sonst nichts zu tun ist, hilft er beim Mähen. Seit er sich mittels Videoanleitungen im Internet heimlich schlau gemacht hat, gelingt ihm auch gekonnt das Melken.

Das Liebesleben der beiden war schon während der Schwangerschaft nicht mehr unstillbar und erfuhr nach der Geburt einen erneuten Abschwung. Gina fokussiert sich ganz auf den Säugling und Paul, nun ja, beginnt wieder mit dem Radfahren.

Die lange Pause machte sich sowohl konditionell als auch technisch bemerkbar. Es dauerte einige Ausfahrten, bis bergauf das Keuchen erträglich wurde und er bei den Abfahrten wieder die Linie fand, die ihn gefühlt die Kurven temporeich durch schweben lassen.

Es ist ein herrlicher wolkenloser Sonntag als er sich frühmorgens aufs Rad schwingt. Gina noch im Nachthemd, hinter welchem sich ihre milchvolle Brust mächtig abzeichnet, küsst ihn zum Abschied und wünscht ihm einen tollen Giro.

Paul gibt Druck auf die Pedale und schraubt sich ein paar hundert Höhenmeter hoch, dann rauscht er in die Abfahrt. Es kommt ein gerades Stück und er breitet die Arme aus wie ein Condor, fühlt sich frei und dem absoluten Glück ganz nahe.

Noch freihändig legt er sich in die Kurve und während er die Hände zum Lenker absenkt schlägt das Vorderrad gegen den Stein. Paul fliegt hinaus über die

Begrenzung, überschlägt sich mehrfach und prallt dazwischen auf den felsigen Abhang. Den letzten Aufschlag bekommt er nicht mehr mit. Erst nach einer Woche wird er gefunden. Nur Gina, Lucco und Roberto sind bei der Beisetzung auf dem kleinen Friedhof anwesend.

Ausklang

„Willst Du noch einen Schluck" fragt sie ihn, während beide auf dem monströsen Bildschirm beiläufig die Bergankunft einer französischen Radrundfahrt verfolgen. Auf sein Nicken schenkt sie ihm, dann sich, das Glas erneut randvoll mit hochpreisigem Burgunder. Man kann ahnen, dass beide einst sehr attraktiv waren. Besonders bei ihr jedoch sind die einige hundert Liter Alkohol in den letzten beiden Jahrzehnten alles andere als spurlos versickert.

„Irgendwie ist die Tour auch nicht mehr das, was sie einmal war", gibt er zu bedenken.

„Was ist noch, wie es einmal war?" antwortet sie, mit wie um diese Tageszeit gewohnt nicht mehr ganz runder Zunge.

Die Bergkulisse hinter den Radlern entlockt ihm einen Seufzer und er bemerkt, dass es damals doch anders war, als er eine solche noch täglich um sich hatte. Zwar lebte er dort nicht im Luxus, aber abwechslungsreicher, stellt er wehmütig fest.

„Du bist doch genauso bescheuert wie mein Ex, der dies alles hier aufgab, um Alm-Öhi zu werden, Davide, ich bitte Dich!" antwortet sie verbittert.

83

Mittlerweile ist die Etappe beendet und ein bislang unbekannter Fahrer steht schüchtern oben auf dem Podest. Man zieht ihm ein gelbes Shirt über und er bekommt von rechts und links hübsche Küsschen. Es scheint ihn verlegen zu machen. Dann geht er, den Blick gesenkt, in Richtung der ausgelassen applaudierenden Zuschauer. Dort nimmt er eine kontrastierend zur bunten Menge schwarz gekleidete, seltsam ernst wirkende Frau in den Arm. Der Reporter erklärt, dass es sich hier um die Mutter des Tageshelden handelt und schreit dann „Unglaubliches haben wir heute erlebt, vier Minuten Rückstand hat er hier herauf verbrannt und fährt aus dem Nichts in Gelb. Der Radsport hat ab heute ein neues Gesicht es ist das von Pierre Armond!" Davide starrt wie gebannt auf den Bildschirm. Den Rest des Abends ist er in sich gekehrt. Sein halbleeres Glas rührt er nicht mehr an. Marie trinkt mehr als sonst und als sie am nächsten Morgen aufwacht ist Davide verschwunden.

Für immer.